5/9

Sten Nadolny
Er oder Ich

D1925610

PIPER

Zu diesem Buch

Was ist aus ihnen geworden – aus der lustvoll phantasierten Bäckerstochter aus Jerxheim, der überaus realen Kölner Schülerin im Römisch-Germanischen Museum, dem weißhaarigen Revolutionär aus Treuchtlingen? Vor zwanzig Jahren, als Ole Reuter noch voll Abenteuerlust und der Naivität eines nachholbedürftigen Dreißigjährigen durch die Bundesrepublik reiste, waren diese Begegnungen für ihn das, was das Leben an Erotik, Hoffnung und Philosophie zu bieten schien. Inzwischen ist er ein erfolgreicher Unternehmensberater mit Hang zu Melancholie und Zynismus. Er beobachtet den Verfall seines Körpers, seines Gedächtnisses, seines damals so verheißungsvoll kreativen Innenlebens und beschließt, sich noch einmal mit einer Netzkarte, nur dem Zufall und der Sympathie folgend, in der weiter gewordenen Republik umzutun. Aber diesmal begleitet ihn ein kühl analysierendes Alter ego. Wird dieser Beobachter ihn ins Verderben bringen? Mit der Trägheit, jedenfalls, ist es schnell vorbei.

Sten Nadolny, 1942 geboren, wurde mit unzähligen Preisen ausgezeichnet. Allein in Deutschland wurden seine Erfolgsromane fast 2,5 Millionen Mal verkauft. Der Autor lebt in Berlin. Zuletzt erschien von ihm »Weitlings Sommerfrische«.

Sten Nadolny

Er *oder* Ich

Roman

Piper München Zürich

Mehr über unsere Autoren und Bücher:
www.piper.de

Von Sten Nadolny liegen bei Piper vor:
Die Entdeckung der Langsamkeit
Selim oder die Gabe der Rede
Netzkarte
Ein Gott der Frechheit
Er oder Ich
Putz- und Flickstunde
Weitlings Sommerfrische

FSC
www.fsc.org
MIX
Papier aus verantwortungsvollen Quellen
FSC® C083411

Ungekürzte Taschenbuchausgabe
September 2001 (TB 3400)
Januar 2013

Umschlaggestaltung: Kornelia Rumberg, www.rumbergdesign.de
Umschlagmotiv: Chair Car, 1965 (oil on canvas) by
Edward Hopper (1882–1967)
Private Collection / Photo © Christie's Images /
The Bridgeman Art Library
Satz: Uwe Steffen, München
Papier: Munken Print von Arctic Paper Munkedals AB, Schweden
Druck und Bindung: CPI – Clausen & Bosse, Leck
Printed in Germany ISBN 978-492-30131-2

Für Hartmut von Hentig

Inhalt

Erstes Kapitel

Netzkarte

6. August, früher Nachmittag, auf dem S-Bahnsteig in Halensee. Ein etwas zu langer Blick in meine Augen, zwei junge Leute scheinen mich erkannt zu haben. Ich beachte sie nicht und beginne mit meinen Notizen. (Kein Wort über Wirtschaft und Politik!)

Jenseits der Gleise wird in einer Drehtrommel Kies gewaschen. Aus großen Haufen schmutzigen Gerölls wird brauchbarer Schotter, ein verständlicher und produktiver Vorgang, eine Gebetsmühle mit Resultat. Was wäre, wenn dabei Gold anfiele? Lustloses Grübeln über den Goldpreis.

Hier mein Filzstift, hier das erste der rasch noch gekauften sechs Schreibhefte, es ist aufgeschlagen und der Länge nach in der Mitte gefalzt, damit es in die Jacken- oder Hemdtasche paßt. Der Filzstift ist ungeeignet. Seine Schrift färbt durch, bei feuchtem Papier sowieso, ich schwitze zu sehr. Ich kann jedes Blatt nur von einer Seite beschriften. Vielleicht sollte ich das Heft ins Außenfach des »Pilotenkoffers« stecken. Ein unpraktisches Ding aus starrem Kunststoff, ich habe es, fürchte ich, seiner Bezeichnung wegen gekauft.

*

Am 6. August 1996 stellte ein großer, schwerer, vor Anstrengung schwitzender Mann im S-Bahnhof Halensee zwei Koffer auf den Bahnsteig. Er legte seine Rechte ins Kreuz, richtete sich ächzend auf, blinzelte in die Nachmittagssonne und ähnelte dabei, das war ihm nur zu klar, dem Bild des durstigen Dicken in einer Reklame für Dosenbier. Als Wartende ihn starr anlächelten, blickte er unwirsch weg. Jenseits der Gleise leierte eine Art Kieswaschmaschine, der Mann starrte hinüber, das Geräusch schien ihn zu beruhigen. Er wischte mit dem Handrücken Schweiß von der Stirn, zog aus der rechten Innentasche seines Jacketts ein längs zusammengefaltetes blaues Schulheft, dann aus einer anderen Tasche einen Filzstift, und wollte etwas aufschreiben. Das Heft war feucht geworden, er fand erst weiter innen ein trockenes Blatt, auf dem sich Notizen machen ließen. Immer wieder blickte er in beide Richtungen, aus denen ein Zug kommen konnte, schien sich also zwischen Süden und Norden noch nicht entschieden zu haben. Dann befiel ihn erneut Unruhe, er beugte sich zu den Koffern, tastete in den Außentaschen des kleineren, öffnete den größeren, ohne diesen aber flachzulegen, wodurch Krawatten, Gürtel und Hemdsärmel herausdrängten.

*

Man kann, wenn man eine Beobachtung notiert, das ICH zum Subjekt machen, aber auch ein ER, obwohl man ICH meint. ICH macht die Gedanken schneller, ER läßt ihnen, des Abstandes wegen, mehr Erfindungsfreiheit. ICH kann nicht so leicht eine ausgedachte, rundweg märchenhafte Geschichte behaupten wie ER. »Ich bin« und »Er ist« – das sind Gefäße sehr verschiedener Art. »Er ist strategischer Berater bedeutender Klienten aus Wirtschaft und Politik«, das macht weniger argwöhnisch als ein »Ich bin ... «. Sofort drängt sich die Frage auf: Was ist das für einer, der so von sich spricht? Ist es denn wahrscheinlich, daß ein ernstzunehmender Mann der Wirtschaft oder Politik sich so anhört? Wir sagen von so einem Ich, es rede reichlich geschwollen, und ziehen unsere Schlüsse daraus. ICH und ER sind zweierlei Netze; mit dem einen fängt man viele kleinere, mit dem anderen wenige und größere Fische.

Entscheidungen empfinde ich fast immer als verfrüht oder, wenn sie bereits getroffen wurden, als falsch. Aber die eigene Unentschiedenheit aushalten zu können, gerade das prädestiniert für den Beraterberuf. Wartenkönnen, regungsloses Lauern, das Element des Skorpions. Warten, bis der Zeitpunkt zum Handeln gekommen ist. Die K. wird sich noch wundern! Ich weiß einiges über sie, über ihre Schwächen und Ausrutscher – und sie hat keine Ahnung, wieviel ich weiß. Ich habe ein gutes Gedächtnis für alles, was mir zugemutet worden ist (da fallen mir ohne Verzögerung sogar Namen ein), und für alles, was der Rache dienen könnte.

Schluß. Sonst formuliere ich wieder stundenlang die Vernichtungsrede gegen die K.

*

Jetzt kam der Zug, hastig stopfte der Dicke alles zurück und schloß den Koffer. Nach Norden also. Nicht weit übrigens, er stieg am Westkreuz um: Richtung Bahnhof Zoologischer Garten, Friedrichstraße, Hauptbahnhof. Er wirkte weiter nervös, Furcht schien ihn immer wieder von neuem zu befallen wie einen auf der Flucht.

*

Nichts vergessen? Ich vergesse immer irgend etwas. Längeres Tasten und Sinnen. Brieftasche mit vierhundert Mark, Kreditkarten, Scheckkarte, Schecks, Personalausweis, Netzkarte erster Klasse für alle deutschen Strecken, ausgenommen leider die Privatbahnen, die Schiffahrts- und alle Buslinien, die nicht »Schienen-Ersatzverkehr« sind. Vor zwanzig Jahren konnte ich sogar mit der »Kraftpost« übers Land fahren. Alles dahin. Wenn es wenigstens das Wort noch gäbe. Aber da ist mehr untergegangen, so viel, daß Einzelheiten unwichtig werden.

Die Netzkarte sieht aus wie ein normaler Fahrschein, nur das Photo gibt ihr einen Rest von Niveau. Sie gilt einen Monat lang von Mitte August bis Mitte September 1996. In den Hosentaschen: Wohnungsschlüssel, Portemonnaie, Kreislaufmittel. Im Pilotenkoffer: Diktaphon, Hefte, Funktelephon (aber nicht, um auf Empfang zu sein!), Kleinradio mit Ohrhörer, Pillen, Ampullen, Spritzen, Bücher über Gedächtnistraining, elektronisches Adreßbuch, Stadt- und Landkarten, Zeitungen. Im großen Koffer mit den ausklappbaren Rädern: Laptop, Adapter, Abspielgerät zum Diktaphon, Zigarren, Ersatzbatterien fürs Hörgerät, Kassetten, Disketten, weitere Bücher über das Gedächtnis, eine Flasche Whisky als Aufheller, falls es zum Äußersten kommt. Auch die Pistole steckt hier, nicht eben griffbereit, aber ich will nicht ihretwegen ständig die Jacke anbehalten müssen. Verbleibende Hohlräume sind mit dem Üblichen ausgestopft: Anzug, Socken, Unterwäsche, Schuhe, Waschbeutel, Rasier- und Verbandszeug, Pyjama... irgend etwas habe ich doch vergessen, vorhin fiel es mir wenigstens ein, jetzt ist es auch aus dem Kopf verschwunden. Wie kann einer, der so schwer zu schleppen hat, noch Dinge vergessen haben? Wieso hat man, je weniger jung und stark man ist, desto mehr Gewicht zu transportieren? Und wieso gibt es keine Diener mehr?

Mein Gedächtnis hat gelitten, ich könnte es auf der Reise ein wenig trainieren. In Wohnung und Firma, in allen Umgebungen, an die man sich gewöhnt hat, wird man vergeßlich. Man legt die Brille gedankenlos irgendwo ab, vergißt, vermißt und sucht sie verzweifelt, denn man hat hier schon so viele Wege zurückgelegt, so viele Bewegungen gemacht, daß sie schlicht überall sein könnte. Deshalb sollten ältere Leute ihr Zuhause verlassen, solange sie irgend können: Im Hotelzimmer wählen wir für alles bewußter einen Platz, verabschieden uns von den Dingen mit einem anhänglichen Blick, finden sie zuverlässig wieder. Ohne Abschied kein Erinnern.

Beim Umsteigen Knieschmerzen. Der Rücken meldet sich auch, das Unternehmen kann rasch vorbei sein. Verkrautete S-Bahnlinien, dann ein uraltes Stellwerk, halb zugewachsen (ein Seniorenheim für Dämonen, ein Stück Berlin). Jetzt der

Bahnhof Charlottenburg. Blauer Himmel, ein paar Lämmerwölkchen. Hoch über den Gleisen steht auf einer Rohrbrücke in hingesprühter Schrift das Wort: »bitterness«. Wie kann man dort überhaupt schreiben, und dann noch von oben, in umgekehrter Schrift?

Wenn ich sitzenbleibe, gerate ich nach Neuenhagen. Reklame aus der Zeit vor der Wende: »Fahre Ihre Pappe ab, Krüger Neuenhagen.« Die Information stammt von – Name entfallen – einer Freundin jenes Ostberliner Beraters – Name entfallen –, der mich über Geschäftspraktiken der Firma Panta Rhein aufgeklärt hat. Hörte den Spruch im Frühjahr 1990. Müßte nach Neuenhagen fahren, um herauszufinden, ob er dort noch irgendwo steht. Im übrigen bedarf er einer gereimten Ergänzung aus dem Westen.

Das hier wird, wenn ich nicht aus irgendeinem Grund zu schreiben aufhöre, die Geschichte von der Erholung, ja Wiederbelebung eines in der Öffentlichkeit nicht unbekannten Beraters (er selbst nennt sich »Consultant«) namens Ole Reuter. Es handelt sich um den jüngeren Sohn Friedhelm Reuters, des Münchener Firmengründers. Ole Reuter berät Manager und Politiker.

Ich muß eine Liste aller mich bewegenden Fragen anlegen, angefangen mit der, wie das präzise Ergebnis dieser Reise aussehen soll. Das Ergebnis könnte sein, daß ich die alte strategische und taktische Geistesgegenwart wiederfinde und meine Feinde aufs Haupt schlage, besonders L. und P. Von hinten. Ein Mann meiner Position geht kein Risiko ein.

Zurück zu den Fragen: ich notiere sie in jedem Heft von der Rückseite her, schreibe also berichtend von vorne nach hinten, fragend von hinten nach vorn. Sehr passend auch zu einer Reise durch den unbekannten Osten – ich fahre zum ersten Mal hin. Bis zum heutigen Tag ließ ich mich ständig vertreten.

*

Die späteren Betrachter werden fast alles, was in und mit Ole Reuter vorgegangen ist, aus seinen Reiseheften erschließen können. Zu Beginn hat er ein paar kleine Sorgen, auch eine große, die sich irgendwann erledigen wird. Die kleinen hält er für alters- und berufstypisch: Er glaubt, sein Gedächtnis werde schwächer, hält sich mitunter für kränker, als Ärzte einsehen wollen, fühlt sich übertrieben beneidet und dabei ungeliebt. Vor allem hat er schwere Träume, knirscht die ganze Nacht mit den Zähnen und wacht gegen Morgen mit Angstzuständen auf. Das wird sich geben, denn er hat sich eine einmonatige Radikalkur verordnet: Kein Wort über Politik, Wirtschaft oder Finanzen! Nicht einmal denken will er an die Arbeit. Schon aus Vorsichtsgründen, denn wer denkt, macht auch Notizen, und die kommen oft in falsche Hände. Also wird er nichts notieren, was Rückschlüsse auf Klienten und Geschäftswege erlaubt. Alle Termine hat er abgesagt, fast alle: Eine Festrede vor Optionsschein-Emittenten in Frankfurt am Main ist geblieben, aber für die wird er sich nicht überanstrengen.

Am Ende der Reise dürfte er gut erholt sein, ja so etwas wie glücklich, wenn – ? Ja, wenn.

*

Weiter mit der Bahnfahrt. Ich kriege nicht allzuviel mit. Wer zugleich reist und schreibt, nimmt nur etwa alle zwei oder drei Minuten etwas wahr. Bis Bahnhof Zoo so gut wie nichts gesehen. Dort blicke ich auf, weil so viele zusteigen. Ein dicker Mann mit stechendem Blick (kennt er mich?) und eingebundener Hand (gebrochen?) sucht seinen Bauch durch schlechte Körperhaltung nach innen zu verlegen, er krümmt sich über ihm zusammen. Das verbirgt nicht viel – gut, es kommt auf den Bauch an. Ich trage meinen, wo er hingehört, eingerahmt zwischen bestickten Hosenträgern, das heißt man den Bauch mit Fassung tragen. Kann es aber immer noch nicht vermeiden, Männer meines Alters mit scheelem Blick zu streifen, wenn sie es wagen, gertenschlank zu sein. Hinter offensiver Schlankheit vermute ich eine besonders raffinierte Art von Dicke – eine innere! Eine als Fitneß daherkommende Wampe aus selbstgefälliger Moral.

Lehrter Stadtbahnhof. Fühle mich beobachtet, aber von wem? Das Wort »Weiberhaushalt« dringt an mein Ohr, in einem genuschelten Satz, der mit dem Seufzer »Der Sommer ist vorbei« endet. So viel über Hörgeräte, sie vermehren die Zahl der rätselhaften Sätze, statt sie zu verringern. Eine müde Frau in müder Kleidung, die zum Fenster hinausgesehen hat, birgt plötzlich das Gesicht in den Händen. Als sie es wieder freigibt, ist sie zum Mord entschlossen, der Blick kalt, die ganze Person ein vielstöckiges Rachegebäude.

Am Reichstag eine Art Baubrücke über die Spree, mit spinnenartigen Knickebeinen. Bahnhof Friedrichstraße. Gerüste, wohin man sieht. Die Fenster von S-Bahn-Wagen werden jetzt mit Glasschneidern zerkratzt, ein Künstler namens »KRR« hat hier kaum eines ausgelassen. Am Hackeschen Markt weist ein Schild auf eine Ausstellung hin: »Die Wüste ist in uns«.

Schon wieder denke ich daran, daß ich schwachsinnig werden könnte. Menschen, die diese Sorge haben, werden ja sehr oft wirklich schwachsinnig, haben also Grund zur Sorge, wodurch diese noch größer wird, wodurch wiederum –! Mein Schwachsinn ist unvermeidlich.

»Herr Reuter!« wird die Krankenschwester vorwurfsvoll sagen. »Ich habe versucht, das zu lesen. Warum haben Sie denn so vieles doppelt geschrieben, mal mit Ich und mal mit Er? Es ist – durcheinander!«

»Deshalb bin ich hier«, werde ich antworten, »ich selbst bin durcheinander. Ich kann mich zwischen Ich und Er nicht entscheiden. Krankmachende Unentschlossenheit. Buridans Esel.«

»Aha. Und einmal schreiben Sie: ›Ich habe mich umgebracht.‹ Sie leben doch!«

»Es ging nicht anders.«

»Ich muß das dem Arzt zeigen!«

»Es wäre sinnlos«, werde ich antworten, »Ärzte gehen zuwenig aus sich heraus.«

Ich habe sieben Operationen hinter mir und eine Steuerprüfung. Das Älterwerden hat Vorteile. Man sieht einem Arzt oder Steuerberater binnen Sekunden an, was von ihm zu erwarten ist.

Nur bin ich ein bißchen aus dem Tritt gekommen und innerlich gealtert. Man will mir helfen, vor allem Frauen wollen mir helfen, damit ich nicht doch irgendwann in Wehleidigkeit, Unrasiertheit, Suff und unbezahlten Rechnungen untergehe. Sie versuchen mich zu erhalten, denn ich gehöre zu ihrer Umwelt. Keine Sorge. Geld schützt ziemlich lange vor der Wahrheit und dem Lärm um sie.

Die Ichform produziert Peinlichkeiten. Schreibt jemand: »Ich bin aus dem Tritt gekommen, ich bin gealtert«, dann denken wir: Der Arme, es muß ihm schwerfallen, das zu bekennen. Mutig, gewiß, aber was soll man da antworten?« ICH eröffnet ein Gespräch mit einem DU, es will Antwort. Jedes ICH neigt dazu, uns etwas vorzujammern und Mitleid zu erpressen. Lesen wir ER, können wir gelassen bleiben. »Es war einmal ein Mann« – eine Geschichte von einem älteren Herrn in Schwierigkeiten, na und? Wir vergleichen kurz die Eckdaten und fühlen uns in jedem Fall jünger als er.

*

Ole Reuter war nahe Fünfzig, »nahe« von der anderen Seite, also einundfünfzig. Er trug Jeans, um sich von seinen Auftraggebern zu unterscheiden, darüber wehte ein Zweireiher von Armani, den er offen trug wie ein Politiker. Seine Spreizfüße steckten in Maßschuhen, deren Preis nur von Empfangschefs richtig geschätzt wurde, und am Handgelenk trug er eine vierunddreißig Jahre alte Mido »Ocean Star«, Selbstaufzug durch die Körperbewegungen, vermutlich die schönste Uhr aller Zeiten. Ole Reuter liebte Schönes, anmutige Gesichter, Körper von Ebenmaß. Vor Jahrzehnten hatte er oft sich selbst angesehen und für

»einigermaßen unwiderstehlich« gehalten. Geblieben war davon, nach jahrelangen Freß- und Sauforgien, nur der verzweifelte Versuch, seinen Wanst, seine wäßrigen Augen und sein Prälatenkinn hinter allerlei gekaufter Schönheit zu verschanzen, von der Büroeinrichtung bis zur »klassisch-eleganten« Brille. Wenn er lächelte, dann mit Jacketkronen, die weder zu groß noch zu weiß waren, ein etwas steinernes, aber makelloses Grinsen. Es paßte, davon war zumindest er selbst überzeugt, zum findigen Berater, zur Unbefangenheit des typischen jüngeren Bruders, zur kontrollierten Aggressivität des Skorpiongeborenen, und daß er all diese Eigenschaften besaß, glaubte er fest. Oder hatte es bis vor kurzem geglaubt. Denn neuerdings waren Zweifel und Sorgen über ihn gefallen. Sie bescherten am hellen Tage Hypochondrien, Höhenkrankheit, Gleichgewichtsstörungen, Verfolgungsangst, Impotenz aus Überzeugung (alles Genannte immer auch in intellektuellen Varianten). In der Nacht wurde es noch ärger: ausweglose Träume, nach dem Aufwachen um etwa drei Uhr Klaustrophobien sowie abwechselnd Todesangst und Selbstmordwünsche. Er versuchte sich durchzukriseln, dies und jenes zu verbessern, aber in den Nächten war ihm klar, daß er sich verlaufen hatte, nicht anders als die Welt um ihn herum. Gegen Morgen fürchtete er ganz zu verschellen oder – die Präsensformen des Verbums »verschellen« sind dahin – sich und anderen abhanden zu kommen.

Als Kind, in den Wäldern östlich des Starnberger Sees, hatte er sich nie verlaufen. Im Wald hatte er jederzeit gewußt, woher er kam und wohin er wollte. Erst in Vaters Firma verlor er die Orientierung, irrte durch endlose Gänge voll hastiger Leute und weinte herzbrechend, bis einer der Ingenieure ihn in das Büro von Papa brachte. Der schaute ihn kopfschüttelnd an, die Füße wie üblich im Papierkorb, und fragte sanft: »Du bist doch ein kluger Junge, was gibt es zu weinen?« Papa verkörperte den Zusammenhang des Wortes »Ingenieur« mit »Genie« und wurde nicht müde, auf diesen hinzuweisen. Jeder Ingenieur, auch wenn er klein war, fand mit Leichtigkeit Lösungen und Auswege. Und allemal den Rückweg.

Das merkte Ole sich, es wurde zum Programm. Sein ganzes Leben lang arbeitete er weiter daran, immer den Ausweg aus mißlichen Lagen zu finden, aus Spielen, die er nicht gewinnen konnte, aus Situationen, in denen andere mehr über ihn wußten als er über sie – irgendwann traten solche Situationen nicht mehr ein. Was wußten die Gegner über den Mann mit den labyrinthisch vielen Eigenschaften und Berufen? Er war eine Schachtel in der Schachtel in der Schachtel, wer ihn suchte, verirrte sich in all der

Pappe. Um so mehr Kontrolle gewann er selbst über andere, er entwickelte ein Kampfgedächtnis, Vorbild: Fouché. Ein gefährlicher Mann, dem nichts passieren konnte, solange er sich nicht in sich selbst verhedderte. Denn hin und wieder hatte er Anfälle von cholerischer, nicht mehr zu bremsender Wut gegen einzelne oder ganze Gruppen von Menschen, hieb die Faust auf den Tisch, spitzte Wörter zu und versuchte sie jemandem ins Herz zu stechen, den er gerade haßte. Wortlos war seine Wut nie, nicht einmal grundlos. Aber sie war ohne Nutzen und im nachhinein bemerkenswert peinlich. Ole Reuter zuckte zusammen, wenn ihm solche Ausbrüche wieder einfielen, manchmal stöhnte er laut auf.

*

»Umbaubedingt« fahren nur sehr wenige Züge vom Hauptbahnhof ab. Erst in einer Stunde gibt es einen über Cottbus nach Frankfurt an der Oder. Ich schlendere herum. Ein Backwarenkiosk pustet einladende Fettdüfte ins Publikum, ich nehme eine Käsebaguette, dann eine Schinkenbaguette, dann suche ich vergeblich nach einem Glas Wein. Als ich dies mürrisch aufschreibe, verweigert mir der Filzstift, ohnehin ungeliebt, den weiteren Dienst. Ein Fingerzeig. Ich sollte umkehren und mich daheim zum Italiener setzen. Morgen dann zurück in die kühlen Konferenzräume. Ich will es davon abhängig machen, ob hier ein Bleistift zu bekommen ist. Wenn nicht, fahre ich zurück. Dann kann ich wenigstens den Eröffnungsvortrag für Frankfurt am Main vorbereiten.

Kein Bleistift im Zeitungsladen, die Verkäuferin will mir ihren eigenen »leihen«, also gleich wieder zurückhaben. Aber auf der Galerie gibt es einen Laden »Reisebedarf« und dort einen Stift. Er ist eigentlich eine Röhre, in die man kleine, in Plastik eingefaßte Minenstückchen ein- und nachschieben kann. Ist das vorderste abgeschrieben, steckt man es hinten hinein und bringt damit vorne das nächste, unverbrauchte Stück zum Vorschein. Made in Taiwan, 1.50 DM. Das Ding heißt »Camouflage« und hat militärische Tarnfarbe. Das letztere leuchtet ein: Man lasse niemals Bleistifte in die Hand des Gegners fallen! Ich werde, ausgestattet mit felddiensttauglichem Schreibgerät, die neuen Bundesländer besichtigen. Kaufe mir auch ein Deodorant und Papiertaschentücher.

Stiche in den Knien. Aber ich muß ja ein Held sein.

Steige ich in die erste Klasse oder suche ich Gespräche? Kein langes Fackeln jetzt, in der Ersten sitzen die, die es sich etwas kosten lassen, ungestört zu bleiben, zu denen gehöre ich längst.

Es gibt ein Tischchen für meinen Laptop. Ich schreibe ins Heft: »Ab hier weiter auf Diskette.«

*

Mit zehn Fingern schrieb er: »Die Eisenbahn verschafft uns einen melancholischen, gleichwohl behaglichen Blick aufs Vaterland. Der Schaffner bringt kühlen Wein. Im sattgelben Kornfeld steht eine Herde Glockenblumen. Man lebt.«

*

Ich lebe, aber nicht so bahnvergnügt wie 1976. Die Natur begeistert kaum, sie erinnert nur ab und zu (schwach) an jenen Ole, der sich vor zwanzig Jahren mit ihr verwandt fühlte. Damals fiel mir zu jeder Glockenblume irgend etwas ein, was ich in der Welt vollbringen könnte, vor allem, wenn ich aus dem Zugfenster, ja wenn ich nur ins Kursbuch schaute! Schon als Kind phantasierte ich mich in die vorüberziehende Landschaft hinein, war der Riese auf dem Berge, der Fahrer des Cadillac, spielte zum Takt der Gleisfugen virtuose Musik und war genauso schnell wie der Zug, in dem ich saß, denn ich war der beste Radfahrer und Läufer der Welt, fuhr oder lief neben dem Zug her, überwand auftauchende Hindernisse blitzschnell und mit Glück (im Tunnel wurde es zu eng, ich mußte droben über den Vogelsberg spurten). Als junger Erwachsener war ich immerhin Besitzer all der Kornfelder, Villen und Fabriken, manchmal erkannte mein Personal mich am Zugfenster und winkte mir zu. Irgendwann – ich war über vierzig und versuchte mich gerade im Zugrestaurant am »Leitfaden durch das Wertpapiergeschäft« von Dieter Ungnade – stellte ich fest, daß die Musik von damals nicht mehr zu hören war, daß das Spiel nicht mehr gelang. Heute habe ich die Gegenstände der Sehnsucht, die sich einst um Kornfelder, Heuschober, Glockenblumen gruppierten, vergessen. Ich habe andere Freuden entwickelt, von Wertpapieren abgesehen. Etwa die Kunst »to make others feel like shit«. Wobei mir wieder die K. einfällt.

Pech: ich habe im Hauptbahnhof die Plastiktüte mit den Taschentüchern und dem Deodorant stehen lassen, und – natürlich hatte ich das Diktiergerät kurz zuvor dort hineingesteckt. Neues enthielt das Band noch nicht, nur erledigte Erledigungspunkte und zweifelhafte Zornes- oder Beruhigungssätze, zur Nachtstunde für gut befunden und ins Dunkle geflüstert, um Judith nicht zu wecken. Nein, ich fahre deswegen nicht zurück, dann wäre die Reise vorbei und ich säße beim Italiener. Das Allerweltsgerät für 69,– DM gibt es auch in Frankfurt an der Oder. Dennoch, ein Stück Besitz, verschlampt, vergeigt – ein neuer Kratzer im ohnehin matt glänzenden Selbstbewußtsein.

Müdigkeit. Hätte nicht die letzte Nacht am Computer verbringen und »Myst« spielen sollen. Aber ich hatte Angst vor der Nacht. Zwar schlafe ich stets rasch ein, aber dann beginnen die Traumkatastrophen. Das Unglück setzt sich beim Aufwachen um drei oder vier Uhr mit der bleiernen Gewißheit baldigen Todes fort. Gegen sechs läßt sich mein schmähliches Ende wieder um ein paar Wochen, gegen acht Uhr sogar um Jahre hinausschieben. Ich bezahle nachts für etwas, was ich falsch gemacht haben muß, bezahle reichlich, halte eine ganze Runde von Teufeln frei. Strafe, wofür? Wer straft? Und wie um Gottes willen bringe ich es zu ermutigenderen Träumen? Kann man vielleicht den Tag so leben und steuern, daß die Nacht stärkt und nicht zermalmt?

Woher stammt der Satz: »Was spricht die tiefe Mitternacht?« Irgendein Gedicht. »Lenore fuhr ums Morgenrot empor aus schweren Träumen« kann es kaum sein. Eine Frage, ich drehe zum Notieren das Heft um. Und jetzt möchte ich, wie in den alten Zeiten, genüßlich im Kursbuch – peng, das war's, was ich vergessen hatte! Ich merkte etwas später, daß dies geschehen war, vergaß aber dann, daß ich's gemerkt hatte.

*

1976 war Ole Reuter erstmals mit Netzkarte einen Monat lang in der Bundesrepublik Deutschland (damals war auch sie noch recht schlank) nach Zufallsprinzip kreuz und quer gefahren. Fast zwanghaft hatte er alles niedergeschrieben, was ihm auf- oder einfiel, und schon damals rätselte er, warum er sich überhaupt auf diese Verrücktheit eingelassen hatte, fand gegenüber jedem neuen Gesprächspartner eine andere Erklärung – Aufbruch, Flucht, Selbstfindungsversuch, Nostalgie, erotischer Nachholbedarf, Verstandesschulung durch ungestörtes Herumgrübeln. (Ole Reuter gab seit der Pubertät die Hoffnung nicht auf, durch raffinierte Übungen oder besondere Lektüre ein anderer und Besserer, dazu mächtig zu werden.) Oder war die Fahrt ein traurig-alberner Blödsinn, mit dem er sich vom Einfluß seines 1976 eben verstorbenen Vaters zu lösen versuchte? Witze, Kalauer zumal, sind oft nur die schiefmäulige Revolte gegen Logik, Vernunft und – Väter. Aber die Reise war auch eine Befreiung: In irgendeinem Moor zwischen Bayern und Übersee strömten seine Tränen, er trauerte um den geliebt-gehaßten Vater, der ein großer Erfinder gewesen war, zugleich auch ein Verklemmter, heillos Gepanzerter, ein Tyrann, in dem sich Wärme nur mit List, auf dem Umweg über technische Fragen, entfachen ließ.

Aber schon als Ole Reuter den Trauerkloß noch im Hals hatte, tat die Reise ihre seltsame Wirkung: Die Welt begann neu zu riechen und zu schmecken. Plötzlich schien alles möglich, jede Verweigerung, jede Frechheit. Er empfand zunächst wie ein Darsteller, der die Eitelkeit als Motor entdeckt: Seine Person schien ihm jetzt möglich, ja interessant. Mit Glück wurde er alles Mögliche. Dazu lernte er in Köln die siebzehnjährige Judith kennen, die beim Sprechen mit den Augenlidern klimperte und das rechte immer eine Spur länger geschlossen ließ als das linke, wodurch etwas Schelmisches in alles hineingeriet, was sie sagte. Tatsächlich meinte sie es sehr ernst, und der Ernst reichte für Jahrzehnte. Im Rest der unerwartet liebenswerten Republik fand Ole Reuter ein paar Gesichter, die wenig sprachen und ihn dadurch ermutigten. Da gab es eine Telephonistin (oder war sie Stenotypistin?) aus Stade (oder Oldesloe?), eine Malerin, die ihn nackt malte, einen Aufnahmeleiter mit vor Scharfblick rötlich glitzernden Augen, ferner einen alten Mann in Treuchtlingen, der aussah wie ein Revolutionär. Wirklich glückliche Momente blieben in Erinnerung und Bilder, auch solche der unverwirklichten Phantasie – da war etwa eine Bäkkerstochter in einem Ort, eher einem Fahrplan-Fund namens Jerxheim. Nie hat Reuter diese Frau getroffen, nie hat er sie vergessen. Nun muß man sagen, daß auch der erwachsene Ole zeitlebens die magischen Gewißheiten des kleinen Jungen nicht ablegte: Was er phantasierte, wurde Wirklichkeit. Sobald er haßte, starb jemand, und wo immer er Berater war, traten Erfolge ein. Seit den Netzkartenreisen war alles gewachsen: sein Glück, seine Treffsicherheit (ununterbrochen fielen ihm Botschaften aus dem Ärmel, von anderen gierig aufgelesen), er war offen für Wagnisse mit anstrengungslosem Gewinn. Er verbrachte ein Jahr in Amerika, ritt Pferde und Drehbücher zu, entdeckte die Ratlosigkeit der Manager. Sein älterer Bruder führte die Münchener Firma, Ole erhielt regelmäßig Zahlungen ohne Gegenleistung, und was immer seine Fehler sonst sein mochten, er nahm Geld ohne jede Hemmung. Judith kehrte, nach Konflikt und Trennung, 1981 mit Erfahrungen und neuer Sicherheit zu ihm zurück. Sie war eine Fünfminutenfrau: Jede Freude wußte sie mit dem Satz »noch fünf Minuten!« zu verlängern. Fünf Minuten waren immer möglich, und danach noch einmal fünf Minuten, so verstand sie zu leben. Sie aß gern und schlief gern (mit einem zarten Zwergenschnarchen, das Ole mit Entzücken hörte und herzlich liebte). Was immer sie tat, tat sie gern, denn es fiel ihr nicht ein, etwas anderes zu tun. 1977 kam eine Tochter zur Welt: Es gab nun zwei Fünfminutenfrauen, nur war Karoline achtzehn Jahre jünger und noch sehr rund. Ole Reuter konnte nichts passieren, er behielt, behütet vom Schlaf seiner Frauen, auf Jahre den Überblick.

*

Ja, ich will es wieder probieren! Die Reise von 1976, verrückt und ratlos wie sie war, hat mir Tag um Tag mehr Vertrauen gegeben. Fahren und alles aufschreiben, per »ich« und auch damals hin und wieder per »er«, das half weiter. Aber was damals Geschenk war, muß diesmal Rettung sein. Moment, Reuter, übertreiben Sie da nicht?

Schluß mit dem Thema. Ich weiß nicht ganz genau, warum ich reise, aber zweierlei Gründe sind auszumachen: große Sorgen, die sich nur durch Abwarten erledigen lassen, und Ermüdungserscheinungen, Gedächtnis inbegriffen, denen Abwechslung guttun wird.

Dazu Leiden, die ich nur zum Teil begreife. Dicke Füße. Atemnot. Gelenkschmerzen. Hüsteln. Blähungen. Die Fingerspitzen wären zum Blättern im Kursbuch kaum noch fähig, weil sie eine Art Ausschlag haben: Sie pilzen und weißeln, rissig und schuppend. Birkenrindenfinger sind das. Dagegen sollen die Spritzen helfen, homöopathisches Zeug, alle zwei Tage in den Oberschenkel. Ferner diese seltsamen Schmerzesschreie, innerlich, die aber manchmal laut werden. Es ist, was man einen Tick nennt: Irgend etwas reißt mich und tut mir in der Seele weh, aber noch während ich aufstöhne, vergesse ich bereits, was es war. Irgendwelche Peinlichkeiten, Worte aus dem eigenen Mund zumeist, Jahrzehnte zurückliegende Wutanfälle, Kontrollverluste. Sie werden von meiner präzise arbeitenden Erfolgsmaschine verdrängt, aber auch die kann das erste Aufzucken des Erinnerungsblitzes nicht verhindern. Ich komme noch dahinter, wie das zugeht, liege geduldig auf der Lauer. Ich sollte eine Liste führen, um dieses Leiden richtig begreifen zu lernen. Aber das überladene und belästigte, lustlose Hirn findet immer wieder Gründe, diese Arbeit hinauszuschieben.

Wenn ich mir ansehe, was ich per ER über Ole und Judith geschrieben habe, wird mir klar, daß die ER-Form zur Lüge neigt. Kein Wort davon, daß mit mir schwer zu leben ist, daß Judith mit mir nicht mehr glücklich sein kann. Ich müßte es schaffen, ihr die Freiheit wiederzugeben, ohne sie zu verletzen. Im Grunde warte ich darauf, daß sie von selbst genug hat. Aber je miserabler meine Seelenlage ist, desto fester hält Judith zu mir. Irgendwann waren wir so etwas wie glücklich. Ich verstehe vom Glück nichts oder habe, was mir darüber bekannt war, vergessen – groß war meine Bildung nie.

Was nicht nur Nachteil sein muß. Bildung kostet Geld, vor allem wenn man sie hat, sie sorgt für immer teurere Wünsche. Zweitens leiden gebildete Menschen sehr, wenn sie vergeßlich werden.

Alles, was nicht mit Strategie zu tun hat, kann ich mir nicht mehr merken. Nicht einmal die simpelsten Dinge: Der Alkoholtupfer ist vor der Injektion zu benutzen, nicht danach – ich verwechsle es jedesmal. Oder die Uhrzeit: Ich schaue dreimal mit wichtiger Miene auf die Uhr wie ein Schiedsrichter zur neunzigsten Minute, vergesse dreimal, was sie anzeigte. Am vergeßlichsten macht die Angst vor der Vergeßlichkeit. Ich habe vieles, was mir gegen Ängste helfen könnte, gelesen. Aber wo habe ich es dann hingetan, wo ist es?

Cottbus. Auf dem Bahnsteig mehrere Leute, die in irgendwelche Kommunikations- oder Diktiergeräte sprechen, ungeniert von Blicken anderer. Ältere Menschen genieren sich dann wenigstens. Vor meinem Fenster taucht plötzlich ein riesenhafter Mann auf, einäugig durch eine Kamera vor dem Gesicht, und photographiert mich (mich?) mit Blitzlicht durch die Scheibe. Polyphem! Rächt sich für die Blendung durch Odysseus, mit dem ich, bitte, gar nichts zu tun habe. Blendet sich übrigens selbst wie alle Polypheme, denn das Glas dürfte den Blitz auch zurückgeworfen haben. Wer hat Photos vom zugfahrenden Ole Reuter in Auftrag gegeben? Prominenz bedeutet, daß du von mindestens achtzig Prozent derer, die auf dich glotzen, gehaßt wirst. Wenn du das schlecht verträgst, kann dir kein Therapeut helfen, er versteht dich gar nicht, schließlich will auch er prominent werden.

Irgend etwas in der Zeitung? Noch verblitzt, lese ich »vermint« statt »vereint«. Vielleicht ist Legasthenie, wenn sie im mittleren Alter auftritt, der Beginn schicksalhaften Schwachsinns. Zunächst hat sie noch etwas »Kreatives«, dann wird man auf nette Art immer debiler, schließlich flüchtet man in verlegene Scherzchen, weil man nicht ganz sicher ist, ob die Krankenschwester nicht doch die eigene Frau ist.

Der zweite Riesling. Auf das Wort »danke« wird neuerdings nicht mit »bitte« oder »gern geschehen« geantwortet, sondern mit »kein Thema«. Wo man auch hingerät, und egal ob man um etwas bittet, für etwas dankt, das Leben riskiert oder eine Versicherung abschließt oder beides zugleich – überall zirpt einem dieses beschwörende »kein Thema« entgegen.

Blättere in der Anleitung zum Gedächtnistraining. Beginn: historischer Hirsebrei zum Durchfressen. Wie merkten sich antike Redner ihre Gedanken und Formulierungen, um sie frei vortragen zu können? Sie wanderten in den

Tagen vor der Rede durch ein ihnen wohlbekanntes Gebäude, am besten das, in dem sie zu sprechen hatten, und legten an jeder markanten Ecke – in der Reihenfolge ihres Spaziergangs – einen der Gedanken ab, verpackt in irgendein möglichst bizarres oder blödsinniges, jedenfalls gut zu merkendes Bild. Eine Passage in der Rede beschäftigt sich beispielsweise mit der Finanzlage: »Die Staatsfinanzen bieten ein erschütterndes Bild.« Der Redner legt am Fuß der großen Treppe einen leeren Geldbeutel nieder, der durch die hackenden Schnäbel von Raubvögeln in Zukkungen versetzt wird und so die gesamte Treppe mit allen darauf stehenden Repräsentanten bis hinauf zum Kaiser erbeben läßt. Mit dem zerhackten Portemonnaie als Markierungspunkt lernt er die dazugehörigen Sätze auswendig und kann sie auf der von Raubvögeln belagerten Treppe nacheinander anordnen. Das bemitleidenswerte Geldbehältnis gehört zu den *imagines agentes*, den drastischen Bildern, die als Merkpunkte für ausführlichere Zusammenhänge dienen. Ist man mit der Rede dran, spaziert man in Gedanken jenen bestimmten Weg durchs Gebäude und hebt im Sprechen die abgelegten Bilder wieder auf – es ist so kaum noch möglich, den Faden zu verlieren. Kann ich aus dieser Methode etwas für mich machen? Für die Optionsschein-Rede? Oder um mir zu merken, was ich auf dieser Reise erfahre. Was lege ich also auf dem Bahnsteig in Cottbus ab, was in Frankfurt an der Oder, um es später in Gedanken wieder einzusammeln?

Jahrelang habe ich andere mit dem Satz zum Lächeln gebracht: »Es ist nie zu spät für eine glückliche Kindheit.« Ich achtete darauf, daß es so aussah, als ob ich danach lebte – auch Künstler, Modeschöpfer und Architekten pflegen das zu tun. Die Beratertätigkeit war eine Fortsetzung des Netzkartenreisens mit anderen Mitteln. Aber jetzt? Ich bin über fünfzig und kröpele nur noch so dahin.

*

»Ich wundere mich, was für eine Uhr Sie tragen. Das ist doch eine Mido von 1962, nicht? Damals wäre die Welt beinahe in die Luft geflogen. Ein schönes Stück.«

»Sie kennen sich mit Uhren aus?«

»Ich restauriere Bilder.«

»Ach, das ist ja fabelhaft!«

»Wieso?«

»Ich meine nur, interessant!«

»Das schon.«

Ole Reuter faßt den Gesprächspartner genauer ins Auge, der sich im Speisewagen zwischen Cottbus und Frankfurt/Oder ohne Not zu ihm gesetzt und ihn jetzt auch noch angesprochen hat. Alter? Keines. Langnasiges, scharfblickendes Fuchsgesicht über einem dünnen Körper, aber die Hände sind seltsam kräftig, bäurisch, vor allem scheinen sie sehr viel älter als der Rest: Adernreiche, blaßbraune Krallen sind das, voller Pigmentflecken, die Hände eines rüstigen Altbauern, nein, eines ehemaligen – schon fehlt das Wort. Ole hat sekundenlang einen Vergleich gehabt, er ist ihm wieder entfallen. Nun gut, der Mann ist Handwerker, vielleicht hat er mit ätzenden Flüssigkeiten zu tun, die der Haut schaden.

»Und Sie?« fragt der Dünne mit den harten Händen.

Wie kann eigentlich ein Mann, der mit kostbaren Kunstwerken umgeht, ein grünes Jackett tragen, und dann noch wiesengrün! Dazu ein Schlips von einer Farbe, die als »gräulich« bezeichnet werden muß.

»Sie üben einen künstlerischen Beruf aus?« fragt der Mann weiter.

»Wie kommen Sie darauf?«

»Ihre Hände. Die passen nicht zu Ihnen. Alles an Ihrer Person ist massiv, Wasserverdrängung, und dann diese langen, feinfühligen Finger, Tastsinn und Maß, ich kenne es von den Porträts der Barockfürsten. Jetzt müssen Sie mir aber sagen, was Sie machen, verzeihen Sie die Neugier!«

Tastsinn und Maß. Ole Reuter hat selbstverständlich beides, vor allem in einer Variante namens »Vorsicht«. Es ist aber nicht so, daß überraschende Schmeicheleien bei ihm keine Chance hätten.

»Nicht einfach zu erklären.«

»Vielleicht verstehe ich's ja gar nicht erst«, antwortet der Grüne begütigend, kräuselt aber dabei irgendeinen Teil seines breiten, dünnlippigen Mundes – das kann ein Abgrund von Spott sein. Indes blickt er sofort wieder ganz ehrerbietig, Ole entschließt sich zu einer Antwort. Hier bietet ihm ein Mensch, dem er völlig unbekannt ist, die willkommene Gelegenheit, den Barockfürsten zu geben.

»Von Barockfürst natürlich keine Rede«, sagt er lächelnd, »ich bin ›Consultant‹, treffend wäre auch eine italienische Bezeichnung: ›consigliori‹. Haben Sie den Roman ›Der Pate‹ von Puzo gelesen?«

»Ich lese wenig. Obwohl, Moment: Sie sind Sizilianer und Berater bei der Mafia!«

»Nein, Stratege, und nicht bei der Mafia, sondern bei der – nun, das tut nichts zur Sache! Sind Sie übrigens Ost- oder Westdeutscher?«

»Schwer zu sagen. Hin- und hergeflüchtet.«

»Geboren …?«

»Sagen wir: ein Geschöpf. Aber bitte, erzählen Sie doch weiter! Wie wird man das, ›Consultant‹?«

Ole Reuter gibt Auskunft. Er beginnt mit der Bahnreise von 1976, erwähnt die damals entstandene Leichtigkeit und den resultierenden seltsamen Aufbruch, die unverhofft zugeflogene Frechheit. Durchs Lehrerexamen gefallen (ein lebensstrategisches Meisterstück), skurrile Jobs beim Film (befristet), Freundschaften in den USA (inzwischen verschlampt, vergeigt), Reitschule in Providence (rausgeflogen), Theologiestudium in Dallas (abgebrochen), Redekurse in Berlin (erfolgreich, aber aufgegeben), Ghostwriter eines polizeilich gesuchten Kriminalautors (mit dessen Verhaftung leider erledigt), Nachrichtendramaturg beim belgischen Privatfernsehen (gekündigt), Gründung einer Firma für »just-in-time-research« (verkauft), schließlich »Script Consultant«, also freier Dramaturg, Medienplaner. Entwicklung eines narrativen Managementkonzepts, bei dem der Erfolg dadurch eintreten soll, daß eine Erfolgsgeschichte gut erzählt und dann verwirklicht wird (»Management by telling the story«), von da an Consultant für strategische Fragen aller Art, Corporate-Identity-Designer, erst direkt bei der K. in B., dann von Deutschland aus. »Im Grunde bin ich Verkäufer geworden«, lächelt Ole Reuter. »Heute verkaufe ich den Ruck, der durch Firmen, Parteien und Institutionen geht. Ich verdiene im übrigen auch, wenn er ausbleibt.«

»Fabelhaft!«

»Ja, es ist interessant.«

»Aber Sie sind vorwiegend mit einem einzelnen Klienten beschäftigt?«

»Ich mache mich jetzt wieder etwas unabhängiger von ihm.«

»Ich erinnere mich an diesen Film. Da gab es einen namens Tom, der gehörte nicht zur Familie, war aber deren Rechtsberater, solange Frieden herrschte. Er wurde entlassen, als es zur großen Abrechnung kam.«

»Gutes Gedächtnis«, sagt Ole Reuter.

»Und im Moment – sind Sie also ohne feste Anstellung?« fragt der dürre Mann kühl.

»Ich bitte Sie, ich bin selbständig, völlig unabhängig!« sagt Ole Reuter und weiß im selben Moment: Henkershände, der Mann hat griffbereite Henkershände. Der Zug hält. »Oh, wir sind bereits in Frankfurt!«

»Einen guten Tag noch!« Ungebeten zieht der andere ein Kärtchen aus der Gesäßtasche, pustet darauf, als wolle er eine Kerze ausblasen, und reicht es herüber – Ole Reuter tastet pro forma nach den eigenen Visitenkarten, beschließt, sie nicht zu finden – dann ist der Hagere rasch im Gewimmel auf dem Bahnsteig verschwunden. Auf der Karte steht: *»Eritis sicut deus, scientes bonum et malum«* – »wie Gott werdet ihr sein, wenn ihr wißt, was gut und was böse ist«.

Höllengelächter. Woher, ist nicht auszumachen.

*

Leicht verdrossen schiebe ich mein Gepäck durch den Bahnhof. Das Phantasiegespräch mit dem Fuchsgesicht lief mir während des Schreibens völlig aus dem Ruder. »Stellungslos«! Wer Position und Rang hat, braucht keine Stellung.

Aber gut, ins Auge gefaßt die Misere: Ich bin weniger erfolgreich als früher, dafür reicher. Ich habe die Vertrauensstellung bei der K. verloren, und die freien Aufträge werden weniger. Und jetzt? Jetzt bin ich in Frankfurt an der Oder.

Lese »Belustigung« statt »Bahnsteig«, schreibe das auf. Schwachsinn ist unvermeidlich.

ER oder ICH? Klares Unentschieden.

*

Frankfurt/Oder hat es bei den Westdeutschen schwer. Es tauchte 1990 wieder im Wortschatz auf und zwang zur Präzisierung: Frankfurt entweder am Main oder an der Oder! Ich werde dieser Stadt mit glasklaren Vorurteilen begegnen, unbelehrbar wie ein Röntgengerät. Und davon wird mir höchstwahrscheinlich besser.

Ich versuche meinen Koffer in einem Schließfach unterzubringen. Er paßt nicht hinein, obwohl er keineswegs übertrieben groß ist. Die Fächer stammen noch aus DDR-Zeiten (als großes Gepäck kaum vorkam). »Doch doch, wir haben hier eine Gepäckaufbewahrung, ich rufe mal die Kollegin!« Die Genannte kommt, findet den Schlüssel für den Gepäckraum nicht: »Den hat der Kollege mitgenommen.« Daher darf und muß ich meinen problematischen Westkoffer im Aufenthaltsraum der Bahnangestellten unterbringen: »Guten Tag. Guten Appetit.« Kaum bin ich ein paar Schritte gegangen, denke ich an die ganze Elektronik und an meine Waffe. Wie, wenn doch jemand in den Koffern »nachsähe«? Ich gehe zurück, hole sie wieder ab und verkünde, ich übernachtete nun doch in der Stadt, vielen Dank auch. Der Taxifahrer spricht mit polnischem Akzent, will mich zum teuersten Hotel fahren, ich leiste Gegenwehr und lande in einem Altbau in der Fürstenwalder Straße.

Der Rundgang durch Frankfurt führt zunächst zu einem »Oderturm«, einem Hochhaus und Wahrzeichen der Stadt, das aber kein normaler Mensch besichtigen darf (es beherbergt Staatsanwaltschaft und Versicherungsvertretungen). Ich kaufe das billige Diktiergerät, und wieder ein Deodorant, und wieder Taschentücher. Suche dann nach dem Fluß. An einem Plattenbau eine eindrucksvolle Gedenktafel: Heinrich von

Kleist sei hier geboren. Einen Moment lang staune ich, aber natürlich ist ein Haus gemeint, das früher hier gestanden hat, lange vor dem Ausbruch der Plattenarchitektur. Rund ums backsteingotische Rathaus riesige Parkplätze mit Parkschein-Automaten, energiegeladen dank Solarzellen. Autos fehlen völlig, ist heute etwa Sonntag?

Ein Barockbau von 1777, die Kleist-Gedenk-und-Forschungsstätte, ist von einem Braunschweiger Prinzen erbaut, was hatte der hier zu suchen? Vor allem, warum ertrank er anschließend in der Oder? Nächstes Rätsel: die »Friedensglocke«. Lösung: deutsch-polnischer Friedenswille auf sozialistisch, 1952. Auf der Tafel, die das verkündet, stürzt gerade eine fluguntaugliche Friedenstaube in die Oder.

Auf den lautlos ziehenden Fluten trainieren konzentrierte Ruderer in Einern und Zweiern. Ich esse Kartoffeln im Garten des »Kartoffelhauses«, mit Quark und Leinöl. Mir gegenüber ein immer wieder blicklos starrender Mann in braunem Anzug, er trägt einen viel zu dicken Siegelring und blättert in Aktenordnern, veredelt die Schriftstücke passagenweise mit einem giftgelben Textmarker. Die Brille ist schwergolden umrandet, Exhibitionismus, mindestens Expansionismus. Reden? Mit dem? Das Gespräch möchte ich nicht einmal erfinden. Nach und nach füllt sich jetzt der Garten, zwei junge Frauen am Nebentisch zeigen einander antiquarisch gekaufte Bücher (»Mensch, von 1965, stell dir das mal vor!«), lesen und erzählen sich laufend, was sie bisher gelesen haben. Mich beachten die beiden, trotz wärmster strategischer Blicke, überhaupt nicht. Ein kurzes Wahrnehmen meiner Person würde mir schon genügen, ich bin sogar bereit, anschließendes Flüstern und Kichern in Kauf zu nehmen.

Mit zwanzig glaubte ich fest, ein Fünfzigjähriger mit Bauch könne unmöglich ein Sexualleben haben. Heute glaube ich, daß gerade ein älterer Mann unbedingt das Gefühl braucht, hin und wieder bei einer anderen als der ihm verpflichteten Ehefrau willkommen zu sein. Damit bin ich erneut bei den Ungerechtigkeiten: Dienern, die es nicht mehr gibt, Frauen, die mich nicht wollen.

Eine Gruppe Frauen gesellt sich jetzt zum gelben Textmarker, zweifellos sind alle aus beruflichen Gründen gezwungen, seine Gegenwart zu ertragen. Als ich aufstehe, schreit ein Kind: »Eh, guck mal, Versace!« Meine Jeans. Ich gehe von dannen, alles starrt mir auf die Hose, nur diese weckt hier Interesse, ich hänge zornig die Jacke drüber.

An der Ecke Große Oder-/Bischofstraße sitzt ein Mann aus Bronze und hält sinnend ein Rädchen in die Luft, vielleicht das Sonnensystem. Kopernikus? Der Fortschritt? Der Prinz aus

Braunschweig? Dann merke ich: die Innenstadt ist voll von solchen Figuren, mitten in einer Tätigkeit erstarrt, heiter-tote Pompejaner, die den Ascheregen schon hinter sich haben.

Über die Oderbrücke schiebt sich, exzessiv qualmend, der Verkehr nach Polen hinein. Ich will ein Taxi nehmen, aber nicht das auf Platz eins, der Fahrer gefällt mir nicht. Ein schwammiger alter Bürokratentyp, ein Stasi-Opa, der jetzt Droschke fahren muß, ich rieche schon von weitem sein Ressentiment. Ich warte darauf, daß er wegfährt, sehe mir so lange das Modegeschäft an, schon weil Judith, wäre sie hier, es studieren und mit dem eigenen vergleichen würde. Judith, das Kommunikationsgenie. Judith, die Geschäftsfrau, sie verkauft täglich besser. Gut, daß sie den Laden hat, sie ist mir so weniger ausgeliefert. Noch während ich den Satz schreibe, werde ich mir unsympathisch. Karoline hat mich mit vierzehn angefaucht: »Alles, was du willst oder nicht willst, verpackst du als angebliche Rücksichtnahme auf andere!« Sie hatte recht. Ich bin Opfer eines Berufs, in dem es (meistens) zur Klugheit gehört, Wünsche zu tarnen.

Etwas weiter ein Fenster mit Babyausstattung. Ein Taufkleidchen wird angeboten mit einem »Brief an das Kind«: »Du bist noch so klein und verstehst nicht, was ich sage. Aber gerade daran wird spürbar: Bevor wir Menschen selber etwas sagen können, kommt Gott mit seinem Wort zu uns und erfüllt uns mit seiner Liebe.« Moment, wieso wird das »daran spürbar«? Ein Dekorateur, der sich für einen Apostel hält.

Das erste Taxi hat sich nicht vom Fleck gerührt. Ich steige ein. Jetzt die Schlappe für meinen Röntgenblick: Der Mann war bei der Reichsbahn, ein wehmütiger Großvater mit den Photos zweier Enkel und einer Dampflok neben dem Lenkrad.

Im Restaurant lauter Männer hinter ihrem Bier, einander unauffällig-mißtrauisch, dennoch kontaktbereit beäugend. Keiner spricht. Das will in der Tat gut überlegt sein: Ist ein Gespräch erst in Gang, wird man einander nicht mehr los, es stellen sich regelmäßig entweder ein neugezapftes Bier oder ein neuer Aspekt des Themas ein, und letztlich hört man nichts, was man sich nicht schon vorher gedacht hatte. Andererseits will ich jetzt, durch Schaden klug geworden, auch mit dem freien Phantasieren von Gesprächen vorsichtig sein.

Der graue Ober zündet die Kerze an, legt dabei den anderen Arm auf den Rücken und klappt ruckartig den Oberkörper nach vorn. Alte Schule. Oder Bandscheibe.

In dem Buch über Gehirntraining und Merkhilfen lese ich, irgendein Ding im Gehirn heiße »fissura longitudinalis cerebri«. So etwas läßt sich immer gut einflechten, als rätselhaftes Argument oder grüblerische Selbstinszenierung. Ich sollte Judith anrufen, tue es aber nicht, vielleicht aus dem Trotz des Schuldbewußten, vielleicht aber auch, weil sie versuchen würde, lieb zu sein und ihr Mitleid zu verbergen – mir wäre noch mieser zumute. Judiths Satz vor zehn oder fünfzehn Jahren kommt mir in den Sinn (es ging um – ach, vergessen): »Erspar mir nichts, ich liebe dich!« Solche Sätze bewundere ich, würde aber lügen, wenn ich sie selbst ausspräche. Mir muß man alles ersparen, sonst wird mir das Leben lästig. Nur wenn ich mich wohl fühle, bin ich unschlagbar. Ein Riesling bitte noch! Meldung an Tower: Fühlen uns kannibalisch wohl. – Roger, Sinkflug einleiten. – Bin bereits im Zimmer. Bett passabel. – Roger. Over. – Traum, nimm deinen Lauf!

*

Brief eines Engels an einen anderen

Ich beobachte ihn jetzt seit zehn Stunden. Kaum hatte ich die neue Aufgabe von Dir übernommen, ging er auf die Reise, von der Du sprachst: »bewußt ziellos« per Netzkarte, mit dem Schreibstift in der Hand. Eine ziemlich katastrophenträchtige Art, sich selbst ausgesetzt zu sein, er könnte darüber zwar seine Seele wiederfinden, aber auch verschmoren wie unter einem Brennglas – die Sache ist riskant. Ich muß sagen, daß ich ihn bisher wenig sympathisch finde. Ich werde Dir aber gern immer wieder mitteilen, wie es mit ihm weitergeht – man interessiert sich ja für ehemalige Klienten.

Ein anstrengender und komplizierter Mensch ist das, Grundtypus Nabelbeschauer. Belauert jeden seiner Schritte und Gedanken und möchte für Botschaften offen sein, versteht aber bisher die wenigsten, zumal er seinen gewohnten Wahrnehmungstunnel noch nicht verlassen will – er ist Rationalist, kopfstolz bis zur Hypochondrie. Ahnt, daß es für ihn um alles geht, leidet aber eher ziellos herum, seine Erkenntnisse bleiben an der Oberfläche. Behandelt seinen Körper wie einen Feind, schmäht sein nachlassendes Gedächtnis wie einen Verräter. Ein von seinen Göttern verlassener, verwahrloster Held aus der Antike. Fühlt sich von Pflichten geplagt und ständig unter Zeitdruck, jammert ausgiebig, damit andere sein Problem für die Folge heroischer Selbstopferung halten. Will alles »verbessern«, sprich gründlicher kolonisieren, um neu zu glänzen: mit frischem Hochmut, gestärktem Gedächtnis, neuen Visionen, erotischem Appetit. Apropos: seit ihm ein Kondom entzweigegangen ist (er ist davon überzeugt, sich den Tod geholt zu haben), hegt er äußerstes Mißtrauen gegenüber Kondomen – mit ihnen müßte er jedoch bei weiteren Eroberungen zu Werke gehen; er wird sich also nicht ernstlich an eine Frau heranwagen. Aber sicher ist auch das nicht.

Reuter weiß vom Verbessern dies und das, von Besserung gar nichts. Über die Notwendigkeit, den Alkoholkonsum einzuschränken, denkt er (wenn überhaupt) bei einer guten Flasche nach. Nimmt alles, ohne dafür zu danken, lebt wie eine Raupe. Glaubt fest an die Reparatur seines verpfuschten Lebens durch »Selbstmanagement« (immer ab morgen), weiß aber längst, daß das nichts mehr wird. Schreibt alles auf, von »bitterness« über »Der Sommer ist vorbei« bis »Camouflage«, ein konsequenter Sammler von Unbegriffenem (wodurch er unsere Arbeit erleichtern dürfte). Auf Insekten hat er bisher nicht geachtet. Er versucht, gegen seine Träume anzuschreiben. Tarnt und verrätselt dabei alle Namen und Fakten seines Lebens (für mich, dank guter Vorbereitung, kein Hindernis, ich habe ja sogar Zugang zu den frühen Aufzeichnungen seiner Mutter in Starnberg). Ole Reuter ist noch lange nicht so weit, den wahren Grund seiner Reise zu erfassen.

Zur Schreiberei noch: seit Jahrzehnten übt er sich in einer Art Distanzmethode, versucht eigene Taten per »er« zu erzählen, gründet also mit einem »neutralen« Erzähler, der er selbst ist, einen Verein zur Veredelung der Wahrheit (wir kennen das von Xenophons »Anabasis«). Außerdem glaubt er mit der ER-Methode mehr zu »sehen«. Vergebens, seine Stärke heißt Wegschauen auch hier. Befindet sich stets zuverlässig dort, wo die Not der Welt nur als fernes Getöse wahrzunehmen ist.

Die Aufgabe scheint mir durchaus lösbar, obwohl es mit Reuter schwierig ist: Er schwankt. Sein Charakter ist trotz Einsprengseln von Ahnungsvermögen und Kühnheit völlig unentschieden. Ein Meister im Ignorieren eigener Fehler, er versteckt alle seit Jahren erfolgreich vor sich und anderen. Folge: Der Mann ist, auf seinem Niveau, vollkommen ratlos. Und dieses wäßrige, lauernde Ego, das nie wirklich begriffen hat, was Entschiedenheit ist, soll ich der größten Entscheidung näherbringen, die es gibt!

Daß die Arbeit innerhalb von siebenhundert Stunden vollbracht werden soll, beflügelt meinen Ehrgeiz, verlangt mir aber einiges ab. Ich muß es dahin bringen, daß er anbeißt wie ein Fisch und den Haken nicht bemerkt, der ihn aus seinem bisherigen Leben herausreißt.

Bis demnächst Barampola

Zweites Kapitel

Uhren und Träume

Eine Situation des Wartens, des Brütens. Ole Reuter ist der Anführer, er merkt es an den Blicken der Soldaten und an der eigenen Angst. Alle fühlen sich sicher, weil sie denken, er wüßte die Richtung. Er hat die Landkarte im Gepäck, weiß aber nicht, wo es geblieben ist. Erst war der kleine Koffer weg, er suchte ihn, verwahrte dazu den großen an einem sicheren Ort, den er sofort wieder vergaß. Jetzt sind beide weg. Zum Meer soll er die Marschkolonne führen, aber hier ist nur ein breiter Fluß, auf dem ständig Galeeren patrouillieren. Muß er überquert werden, oder wäre Umkehren besser? In welcher Richtung liegt denn das Meer? Die Galeeren ziehen, von ihren Rudern vorwärtsgehebelt, leicht ruckartig ihre Bahn, es wirkt aggressiv. Dazwischen treiben kleine, in Tuch eingehüllte und verschnürte Gegenstände. »Vergessene Wörter« seien dies, hört er jemanden sagen. Es gibt vermutlich einen Ort, wo sie hintreiben, wo sie sich sammeln, vielleicht um von dort gemeinsam wiederzukehren.

Ole schlendert möglichst unauffällig herum und sucht nach den Koffern, dabei scherzend und schulterklopfend, damit niemand seine peinliche Lage erkennt.

Geräte stehen in der Landschaft, Belagerungsmaschinen, manche davon mehrere Stockwerke hoch. Er weiß nicht: Waren sie schon da, oder haben seine Krieger sie mitgebracht? Bei der größten kann er im Inneren die Zahnräder laufen sehen, sie scheint mit Wasser angetrieben zu werden, im Räderwerk planscht und schaukelt es, durch eine seitliche Schüttvorrichtung wird Zermahlenes ausgespien, er erkennt die Fetzen eines seiner Koffer.

Ole weiß nur, daß man auf einer großen Halbinsel ist, die von Osten in den Westen ragt. Der Name fehlt ihm, und ohne diesen kann er nirgendwo eine Karte finden – es ist also alles verloren. Er sieht eine hinkende alte Frau mit eingebundener Hand, fragt sie nach den Karten, weiß genau, daß es seine Mutter ist. Aber sie erkennt ihn nicht und mißtraut ihm: Er ist Soldat.

Bei der Suche ist er nun in einem fremden Heer gelandet – so etwas passiert leicht. Er versucht, ohne Aufsehen zu den Seinen zurückzukommen. Er sieht an sich herunter: Ihn umhüllt eine Art Taufkleid, ein weißes Schleiergebilde. Von überall her nähern sich Männer und Frauen, um ihn festzuhalten und irgendwohin zu bringen, vielleicht zu töten oder zu taufen, er muß weg. Glücklicherweise fällt ihm ein, daß er fliegen kann, wenn er konzentriert und tief genug atmet. Es gelingt ihm, sich ein wenig in die Luft hinaufzuatmen, aber nicht rasch genug, man faßt ihn an den Füßen, zerrt ihn wieder herunter. Er strampelt sich los und versucht es von neuem, merkt dabei, daß er hohe Luftsprünge machen kann, wenn er sich mit den Füßen von Menschen abstößt. Er steigt jetzt auf wie ein Vogel, das Geschrei der Angreifer wird leiser. Mitten in der karstigen Landschaft unter ihm stehen nun eine Anzahl Zelte und ein tempelähnliches Gebäude, um das herum Soldaten lungern. Er landet, nähert sich einer Gruppe und fragt etwas, wie er meint, Unverdächtiges: »Ist heute Sonntag oder Montag?«

»Wie wir unsere Tage nennen, ist unsere Sache!«

»Ich möchte nur wissen, ob Sonntag ...«

»Sonntag ist eine Kreuzung in der Nähe. Wenn Sie weitergehen bis zur dritten Querstraße ...«

»Nein, nein! Was für ein Tag ist heute?«

»Hören Sie, wir können schließlich nicht in Sie hineinsehen!«

»Okay, okay!«

Er geht rasch weiter. Einer der Männer läuft ihm nach und flüstert ihm zu: »Wir feiern stumpfe Ostern!« Ole fängt an zu weinen: »Bitte, ich weiß nicht, was für ein Tag ist, ich habe all meine Koffer verloren und weiß nicht, wer ich bin, soll aber Anführer sein.« Er schluchzt und schluchzt, der Mann sieht ihn ernst an, zeigt zum Tempel hinüber, wendet sich ab.

Ole geht zu dem Gebäude, und durch dessen Eingang kann er Bücher in einem Regal stehen sehen. Vielleicht seine letzte Chance. Dort wird es Landkarten geben, er braucht die Karte der Halbinsel, jetzt weiß er auch den Namen wieder: »Enteuthen«. Gott sei Dank, wenigstens der Name! Vor dem Tempeleingang kauern auf Postamenten zwei geduckte, hyänenartige Bestien aus glitzernder Bronze, aber jetzt bewegt sich die eine von ihnen, dreht den Kopf nach ihm, springt vom Sockel und schleicht mit bösen Augen auf ihn zu. Er versucht furchtlos und wohlwollend dreinzublicken, aber das Biest glaubt ihm nicht und verbeißt sich in seiner rechten Hand. Der Schmerz ist fürchterlich, und das Tier läßt nicht los. Das Schlimmste ist nicht der Schmerz, sondern die Hoffnungslosigkeit: das Knacken und Krachen der Fingerknochen, die jetzt in einen blutigen Splitterbrei verwandelt werden. Inzwischen ist die andere Bestie da, packt einen Fuß, auch dort das schrecklich langsame Zubeißen und Zermalmen. Der Schmerz schießt durch den Körper bis zum Herzen hinauf, trifft dort auf den von der Hand, der Tod wird bald eintreten. Da steht mit einem Mal ein dürrer Mann mit breitem Mund über ihm und lächelt mit weit geöffneten Augen wie ein Arzt auf Visite. »Mein Name ist Griffzich«, sagt er mit schnurrender Stimme. »Wie geht es uns?«

Ole starrt ihn nur an, der Mann spricht weiter mit der ruhigen Stimme eines selbstsicheren Beraters, Arztes oder Pflegers: »Das wird jetzt häufiger auftreten. Wir nennen es den Fraß.«

»Ich will«, keucht Ole, »alles tun, damit das aufhört, alles für Sie tun!«

»Natürlich, natürlich. Geben Sie mir erst mal Ihre Uhr, sie verhindert, daß ich eingreifen kann.«

Der Mann, der sich Griffzich nennt, faßt Oles linke Hand, die noch in keinem Rachen steckt, und entfernt die Armbanduhr. Die Bestien lassen los und trollen sich.

»Bis später«, sagt der Mann und kehrt den Rücken. Ole sieht an sich herunter. Hand und Fuß sind unversehrt, nur gerötet. Um ihn herum stehen und liegen Bronzefiguren, in vielerlei Haltungen und Bewegungen erstarrte Menschen. Die Bestien hocken wieder unbewegt auf den Postamenten. Der dünne, geschmeidig-böse Mann ist nicht mehr zu sehen.

Griffzich wird eingreifen – aber wann und wie? fragt sich Ole verzweifelt. Jede Quälerei geht weiter, wenn man sie nicht verstanden hat.

Moment, ich verstehe jetzt, ich werde gleich verstanden haben, Moment noch! Warum, warum wache ich ausgerechnet jetzt auf?

*

Alles niedergeschrieben. Immer noch schweißbedeckt trotz mehrmaligen Abtrocknens. Und Schmerzen in den Kiefermuskeln vom Zähneknirschen. Das also war die erste Nacht auf dieser Reise. Die sich verbeißenden Bestien des Alptraums kommen mir bekannt vor, ich bin ihnen schon in zwei oder drei früheren Träumen begegnet. Damals waren es Katzen oder Hunde, die ich zuvor gestreichelt hatte; sie bissen zwar zu und wollten damit nicht aufhören, ließen sich aber noch mit letzter Anstrengung abschütteln. Neu ist heute, daß ich den Traum gern zu Ende geträumt hätte, um eine Lösung oder Antwort zu finden. Neu ist auch, daß ich im wachen Zustand Angst habe, der Traum könne sich wiederholen. Ich bin sicher, daß man an einem Alptraum sterben kann, wo kämen sonst all die plötzlichen Tode mitten im Schlaf her? Wüßte ich genau, daß mich der Biß einer weiteren nächtlichen Bestie umbringen wird, ich schaffte mich lieber schon vorher aus der Welt. Selbstmord, nach ordentlichem Nachdenken ins Werk gesetzt, ist wenigstens der Akt eines Souveräns.

Was ist los? Daß mir in einer Phantasie des hellen Tages, und danach auch im Traum, eine Art Teufel erschien, kann kein Zufall sein. (Genau solche Sätze hasse ich: »Das kann kein Zufall sein.«)

Ich habe alles ordentlich aufgeschrieben, vermutlich für den irgendwann zu erwartenden Psychiater. Bisher, wenn ich schweißgebadet aufwachte, habe ich noch nie etwas geschrieben, nur versucht, die Träume zu vergessen, ferner geduldig abgewartet, bis der Blutzuckerspiegel wieder normal war, irgendwelche Säfte der Zuversicht wirkten, die Vögel sangen und ein Frühstück bereitstand. Heute habe ich geschrieben und geschrieben, ohne auch nur auf die Uhr zu sehen. Wo ist sie übrigens? Mein linkes Handgelenk wirkt ohne Uhr ekelhaft nackt (und das rechte nie). Ich suche auf dem Nachttisch, im Bad, unterm Bett, in der Jackentasche – die Uhr bleibt verschwunden. Himmel, Vaters Mido »Ocean Star«, ich hatte sie 1976 nach seinem Tod bekommen – ist sie verloren? Vielleicht war sie ja bisher der Schutz gegen meinen völligen Absturz, was weiß man von Uhren? Ich wäre also schutzlos und ohne Zuversicht an einem Ort namens »Enteuthen«.

Jetzt gehe ich auf die Suche, in allen Taschen und im Gepäck. Ist mir die Uhr im Gang vor der Tür, spätnachts beim Aufschließen, heruntergefallen? Ist sie nicht. Zur Rezeption. Der Mann bedauert. Ein Glas Champagner bitte, der Nerven wegen. Wir haben Rotkäppchen-Sekt. Aber das macht doch nichts. Bitte sehr.

Habe ich im Taxi, beim Bezahlen …? Das metallene Armband geht manchmal tatsächlich von selbst auf. Warum trage ich nicht längst ein solides Lederarmband?

»Ich vermisse seit gestern eine Uhr, eine ältere Armbanduhr, wo könnte ich nachfragen? An der Rezeption war ich schon …«

»Fundbüro«, sagt das Frühstücksfräulein und nennt eine Adresse in der Stadt, »die Zimmer- oder Büronummer weiß ich nicht, Sie sehen sie auf dem Wegweiser. Achten Sie auf die Bezeichnung ›Lost & Found‹!«

Ich trinke aus, mache mich auf den Weg. Hier verstehen offenbar alle nur Englisch: Fundbüro heißt »Lost & Found«, Bäckerei »Backshop«, was ich mit »Rückwärtsladen« übersetze. Deutschland, ein Rückwärtsladen. Im Fundbüro sitzt eine gut ausgeschlafene, helle Dame und bedauert mich glaubhaft. Sie füllt für mich das Formular aus und fragt, ob ich nächstens wieder in Frankfurt zu tun hätte. »Die meisten Leute haben bereits eine Uhr, und Ihre ist ein älteres Stück. Aber es kann dauern.« In einer Bank ziehe ich mir Geld aus dem Automaten. Unnötigerweise. Aber aus Erfahrung weiß ich: Reichliches

Bargeld hilft, Umfragen zufolge, bei Depressionen, Rinderwahnsinn, Gicht, sogar Kindbettfieber.

Plötzlich zucke ich zusammen, weil mich die Erinnerung an eine Peinlichkeit trifft. Ich verberge mein Aufstöhnen vor den Entgegenkommenden. Zu meiner Verwunderung stelle ich fest, daß es irgend etwas aus meinem Traum ist. Das ist neu, noch nie waren mir Träume im nachhinein peinlich. Rasch, bevor es weg ist: was war's? Ja, da ist es, klar und deutlich: meine Winselei vor dem Soldaten, der mir mitteilte, daß ›Stumpfe Ostern‹ gefeiert würden.

Taxi zum Bahnhof, wo ich mir ein neues Kursbuch kaufe.

Ich träume oft, und selten angenehm. Es gibt immer wiederkehrende böse Standardträume: Ich gehe als Fünfzigjähriger noch in die Schule und bereite mich aufs Abitur vor. Leider schwänze ich seit Jahren alle Mathematikstunden; auch in Latein und Griechisch werde ich bei der Prüfung nichts mehr zuwege bringen, nicht einmal Xenophons »Anabasis« könnte ich übersetzen (allenfalls »enteuthen exelaunei«: »von dort brach er auf«). Daß ich das Abitur seit über dreißig Jahren heimlich in der Tasche habe, beruhigt nicht, obwohl ich das im Traum durchaus weiß. Stets habe ich beim Gedanken auf bevorstehende Prüfungen Versagensängste. Irgendwann träumte ich, mit der Mathematiklehrerin verheiratet zu sein – es änderte an den Ängsten überhaupt nichts.

Oder der Omnibustraum. Ich sitze im fahrenden Doppeldecker oben, vorne links und halte eine Stange in der Hand, die bei näherem Hinsehen ein Lenkrad ist. Merke, daß ich allein es bin, der den Bus durchs Verkehrsgewühl steuert – und kann doch gar nicht genau sehen, was ich da unten anrichte. Solange ich das nicht wußte, ging's, aber ab jetzt werde ich alles über den Haufen fahren. Oder mein nächtliches Abonnement auf Kasernengebrüll und Kriegsausbrüche. Am häufigsten sind Träume vom Erinnerungsverlust in einer mir ganz fremden Großstadt: Nach langem, verzweifeltem Suchen sind schließlich alle Koffer weg, und ich weiß nicht mehr, wie ich heiße und wo ich hin soll.

Solche Träume quälen mich, aber nur begrenzt: Ich weiß schon während des Träumens, daß sie mit dem Aufwachen beendet sein werden. Auch jener Traum, in dem mein Vater mißgelaunt herumsitzt und offensichtlich nicht tot, sondern nur woanders hingezogen ist. Er ist zu Besuch gekommen, will aber von meiner Mutter und mir nichts mehr wissen, nur etwas abholen, was er damals bei seiner Flucht vor uns vergessen hat. Es ist bereits wieder in seinem Besitz, er bleibt mit mühsamer Höflichkeit noch ein paar Minuten, stellt höfliche Fragen und überhört die Antworten. (Jetzt weiß ich, was er wollte: seine Uhr!) Es gibt Träume, in denen mein Bruder vor mir steht und über mich den Kopf schüttelt, wie er es auch im Leben tut. Er mißtraut mir, kritisiert mich mit leiernder und sägender Stimme, spricht viel zu lange und mit Wiederholungen über Alkoholkonsum oder packt mich am Kragen und läßt mich aus erzieherischen Gründen über Abgründen hängen – der typische ältere Bruder eben, der den jüngeren haßt, weil er in der Kindheit auf ihn aufpassen mußte, und der es dennoch nicht lassen kann, ihn immer weiter zu bevormunden.

Aber heute, das war kein Standardtraum, und ich gäbe einiges darum, daß er es nicht wird. Nochmals: kann man sich tagsüber auf die Logik der Nacht einstellen? Ein Teufel entzieht mir die Uhr, die mich bisher vor ihm schützte. Was kommt auf mich zu? Was erwartet er von mir?

Schluß mit dem Unsinn. Ich befinde mich auf einer Erholungsreise. Ich werde mein Gedächtnis trainieren und ein wenig nachdenken, aber bestimmt keine »Logik der Nacht« einführen.

*

Wohin? Ich könnte, sagt mir mein Finger im neuen Kursbuch, nach Eberswalde fahren, und am Nachmittag wäre ich in »Templin Fährkrug«:

Bier trinken und stundenlang zusehen, wie die Fähre ablegt und wiederkehrt. Von Eberswalde käme ich aber auch nach Stralsund oder Greifswald. Ich werde danach gehen, welcher Zug nach meinem Eintreffen als erster den Bahnhof verläßt. Ganz wie damals, als ich gierig auf ALLES war, und zwar mit einer nach Belieben das Objekt wechselnden, fast blödsinnig starken Hoffnung – Freiheit eben. Oder Freiheit plus Jugend.

Auf dem Bahnsteig habe ich das Gefühl, beobachtet zu werden. Vielleicht der Restaurator (»eritis sicut deus«). Aber er kann es nicht sein, ich habe ihn schließlich erfunden. Der nächste Zug geht nach Cottbus.

Fragen für hinten: Wer außer meiner Mutter und Judith und – gut, meinem Bruder – hat jemals etwas für mich getan? Wer hat mir, ohne für sich einen Vorteil zu erwarten, geholfen? Ferner: Was ist der Unterschied zwischen Verdammung und Verdammnis? Der Schlüssel zur Besserung ist gewiß in Fragen versteckt, die ich bisher nie beantworten konnte.

Ich steige in die zweite Klasse, will mir die hiesigen Menschen ansehen, vielleicht mit ihnen sprechen. Als erstes fällt mir eine Frage ein, die ich lieber nicht stelle, weil sie peinlich wirken könnte: »Was haben Sie vor der Wende gemacht?« Ich möchte ein Gespräch führen, aber niemand sieht so aus, als eigne er sich.

Ich lese in dem Buch, das mir ein besseres Gedächtnis verschaffen soll. Eine Art Erbauungsliteratur fürs Gehirn. Und schon nach wenigen Seiten schweifen die Gedanken ab, weil man sich erinnert oder zu erinnern versucht. Wie hieß und heißt die wunderschöne Fernsehansagerin? Tagesschau, blond? Weg! Was mir als nächstes einfällt: mein Vater, wie er nach einem Wort oder Namen suchte und dann mit einer unwirschen Handbewegung »weg!« rief. Es fing in dem Alter an, in dem ich jetzt bin. Und wie er tue ich immer öfter so, als wollte ich mir etwas merken, etwa den Namen eines guten Weines, ohne die geringste Hoffnung, auch nur das Anbaugebiet im Kopf zu behalten.

Man sieht mir beim Schreiben genau zu. Die denken hier lange nach, bevor sie etwas sagen. So ist der Osten.

Hinter Neuzelle wird es flach. Coschen, Guben... Sollte ich nach Senftenberg fahren? Was tue ich da am Vormittag? Eine Uhr kaufen, mit dem Teufel diskutieren, trinken? Unsinn, der findet sich nicht an jeder Imbißbude ein, nur weil dort einer an ihn denkt. Er hat Sinn für Stil. Im Keller eines Chateau, während draußen der Morgen graut. Die Herren sitzen schon Stunden über Stunden hier, ihr Lachen ist dröhnend geworden, die Gesichter stoppelig, die Flaschen immer staubiger – da tritt er durch die Tür, amüsiert sich über die plötzliche Stille und Leichenblässe der Zecher, nimmt gern auch selbst ein Gläschen.

Grabkow. Lichte Wälder. Die Sonne scheint schräg von hinten zwischen den Kiefern durch, man möchte Hund sein, kreuz und quer rennen und rumschnüffeln. Mächtige, konisch geformte Kamine, neune sind's, Rauch quillt auf. Als ich noch photographierte, nahm ich für so was den Gelbfilter, damit das Gequalme gut herauskam. Ein Kraftwerk, Peitz-Ost. Oder Vetschau.

Warum heißen die Orte hier immer zweifach: Neuendorf und Nowa Wjas, Märzdorf und Zylack, Cottbus und Chosebuz? Polnisch, Kalmückisch, Tatarisch? Das sind die wirklich wichtigen Fragen, das ist das Wissen des hellen Tages. Aufklärung. Da meldet sich meine löcherig gewordene Bildung: der Volksstamm der Sorben. Ja, Sorbisch! Und ich dachte, mein Gedächtnis tauge nur noch zur schöpferischen Unterstützung des Vergessens.

Ich steige in Cottbus aus. Schaukasten mit dem Fahndungs-Phantombild eines gewissen Drach, Reemtsma-Entführer. Stimmt: Wenn er sich versteckt, dann in Ostdeutschland. Die Leute denken hier viel nach, aber es fällt ihnen schwer, westdeutsche Gesichter auseinanderzuhalten.

In Cottbus trennt der Bahnkörper die Altstadt von einem Neu- und Prachtbauviertel, dessen

Kern eine »Fürst-Pückler-Passage« bildet. Habe vor, die Innenstadt zu besichtigen, aber die ist zu weit weg, die Knie tun mir weh. Jenseits der großen Brücke gebe ich auf. Auf dem Rückweg nehme ich die Brille ab und stecke sie in die Tasche. Ich will die sonnenbeschienene Stadt verschwommener sehen, vielleicht gewinnt sie dadurch. Kurzsichtigkeit sorgt dafür, daß sich die Wahrnehmung auf Nahes und Kleines beschränkt: Vorgärten, Klingelschilder, rostiges Schmiedeeisen, Spinnennetze, Mauerrisse, Blätter und Blüten. Ich bleibe immer öfter stehen, schaue Käfern beim Krabbeln zu – und zu meinem Erstaunen bessert sich meine Stimmung. Das will ich mir merken: Brille abnehmen, und die Welt gewinnt. Mißstimmung verbindet sich mit einer bestimmten, zu lange beibehaltenen Brennweite. Verlagere ich für einige Minuten die Sehschärfe aufs Naheliegende oder ganz Entfernte, kehrt mein Appetit aufs Leben zurück. Gut als Idee für ein Seminar, aber sie könnte sogar stimmen.

Vor dem Bahnhof ein Fahrradständer. Ein unruhig hin und her wandernder junger Mann fällt mir auf, Ratlosigkeit im grünblassen Gesicht. Ich frage: »Na, Fahrrad geklaut?« und setze die Brille wieder auf.

»Ja, leider.«

»War's ein gutes?« frage ich.

»Nein, kein gutes«, beeilt er sich zu versichern. Er tut, als habe er das Rad schon immer wegwerfen wollen, möchte vor mir nicht als Verlierer dastehen. Daß sein Rad doch ziemlich gut war, sehe ich an der Gesichtsfarbe.

Im Bahnhof die erste »Soljanka« meines Lebens, eine scharfe Wurstsuppe. Mittendrin jähe Erinnerung an den Biß der Traum-Ungeheuer, meine rechte Hand zuckt wie zur Abwehr. Hoffentlich heilen Traumwunden so wie andere auch. Ich nehme den Zug nach Dresden.

Mein Schweiß riecht mir unangenehm – sind es die Tropfen, die Pillen, die Spritzen, die Soljanka? Will ich gegen den Teufel anstinken? Ist es immer noch Angstschweiß? Interessante Frage für die Liste: Wieso kann man Angst riechen, was wollte die Natur damit?

Ich lese Zeitung, bin aber mehr auf Lesefehler aus als auf Informationen. Die Militärreform wird zum Mittäterforum.

Meine Notiererei entspringt deutlich der Angst, etwas zu vergessen, was später Bedeutung bekommen könnte. Oder ich fürchte, demnächst allen geistigen Besitz und mich selbst zu verlieren. Das Notizbuch als Sicherheitskopie, falls die Bestie zubeißt oder der Teufel mich holt, um mir Vokabeln abzuhören. Da ist sie wieder: Dagmar Berghoff war der Name.

Das Schreiben per ER müßte doch geeignet

sein, Träume so vorauszuschreiben, daß sie dann im Schlaf eine freundliche Richtung nehmen. Ich kenne den Effekt von Judith her, die jedesmal einschläft, wenn unser Freund W. ihr aus Manuskripten vorliest. Anfangs hat ihn das getroffen, schließlich mußte er einsehen, daß Judith nie bei schlechten, sondern nur bei guten Texten einschläft – und zwar dann, wenn diese Bilder in Gang setzen. Seither ist W. nur noch verletzt, wenn Judith wach bleibt.

Nebenbei wird mir klar, daß ich nie träume oder mich jedenfalls nie an Träume erinnere, wenn ich am Tag schlafe, schon gar nicht, wenn es im Zug geschieht. In dieser Richtung sollte ich Versuche machen.

Der Gestank wird immer schlimmer, mit einer Komponente von verbranntem Kunststoff, und jetzt erkenne ich, daß es nicht meine eigene Ausdünstung sein kann. Seit Hoyerswerda läuft ein Radlager heiß, in Ruhland bleibt der Zug stehen, man repariert.

Der Zug fährt wieder an. Eine Haltestelle ohne Halt, »Ortrand«. Es steht da eine schimmlige Baracke mit dem Schild: »Polytechnisches Zentrum«. Ab Lampertswalde bedeckt sich der Himmel. Mit mir im Abteil zwei Frauen, eine davon liest Zeitung und bewegt dabei ständig die Lippen. Es ist, wie wenn sich an einem Fahrrad im Freilauf die Pedale mitdrehen.

Mir wird das Beobachten jetzt anstrengend, ich beginne meinen uralten Tagtraum »Das Bad ist frei«, der auf Hoffmanns Film »Wir Wunderkinder« zurückgeht: Damit wir begreifen, daß Wochen und Monate vergehen und die Politik (im Jahr 1932) immer düsterer wird, sitzt Hansjörg Felmy im Morgenmantel und wartet darauf, daß Johanna von Koczian mit dem Baden fertig ist, greift zur Zeitung und liest die Schlagzeile. Alsbald erklingt silberhell der Ruf: »Das Bad ist frei …!« In dieser Weise sehen wir die Phalanx der immer bedrohlicheren Schlagzeilen, hören etwa zehnmal, das Bad sei frei, und dann ist es passiert: Hitler Reichskanzler. Warum ist dem Mann im Morgenmantel nie eingefallen, zur Zeitung von gestern zu greifen und immer so fortzufahren, bis Hitler wieder Postkarten malt? Das ist mein Traum vom Zauberbad: zurückfinden, von vorne anfangen und dann eine glücklichere Hand haben!

Wache durch ein beängstigendes Tackern und Tuckern wieder auf, weil der Zug bei – ja, »Priestewitz« – in einen breiteren Strang von Gleisen einbiegt, in die Hauptstrecke von Berlin nach Dresden. Ich bin aufgeregt, fast in Panik und weiß nicht warum. Ein Anfall von Verlassenheit.

Ich öffne den großen Koffer, hole unter den erschrockenen Blicken der zwei Frauen die Whiskyflasche heraus und nehme einen tüchtigen

Schluck. So. Einen Teufel brauche ich nicht – das bißchen Höllengelächter, das ich im Leben brauche, lache ich mir selbst.

Coswig. Regenguß.

Steige in Dresden aus. Der Hauptbahnhof im Umbau, schattig und verwirrend. Wohin? Wenn ich um 16.02 Uhr den Zug nach Leipzig nähme, hätte ich Anschluß nach Halle, von dort den Interregio nach Kaisersaschern, Ankunft 20.03 Uhr, es wäre zumindest denkbar. Jetzt, da Kaisersaschern wieder zu uns gehört ...

Ein großer Hund mit Maulkorb genügt, um wieder die Traumerinnerung zu spüren wie einen Stich, ich zucke zusammen. Es fällt dem Mann auf, der neben mir am Fahrplankasten steht. »Schmerzen?« fragt er – ich murmle etwas von Nackenwirbelsyndrom. Bin lust- und entschlußlos. Wäre ich in Begleitung hier, könnte ich mich damit beschäftigen, in einen Wutanfall zu geraten und mich anschließend dafür zu entschuldigen. Nichts gegen eine richtige Wut, sie hilft. Nur wer mit ihr allein ist, verschmort darin selbst.

Ich nehme doch lieber die S-Bahn nach Heidenau, der Name klingt schlicht und froh. Und wirklich, in Heidenau scheint die Sonne, es hat keinen einzigen Tropfen geregnet. Ich könnte auf die Müglitztalbahn umsteigen, käme ins Erzgebirge. Der Zug steht schon da, auf der Bahnsteigbank sitzt die Schaffnerin und hält die Nase ins

Licht, eine spitze, eindeutig lebenshungrige Nase. Ich beginne ein Gespräch über die Privatisierung der Bahn und die öffentliche Verantwortung, verenge dann das Thema auf den Bahnverkehr im Müglitztal und die Frage, ob sie immer zu Hause übernachten könne oder ob sie auch manchmal an der Endstation bleiben müsse. Sie wirkt zugeneigt, lächelt mit hübschen, frechen Zähnen, ich offeriere als Gegengabe meine teuren Jacketkronen. Fünf Minuten »fremde Frau« genügen, um wieder kühner in die Zukunft zu blicken, das gibt zu denken. Die Schaffnerin heißt Hertha. Sie hat sofort gesehen, daß ich keine Uhr trage, daß dafür aber meine Schuhe berühmt gut sind. Nach dem Einsteigen geht sie Fahrkarten kontrollieren, fängt damit aber nicht bei mir, sondern im ersten Wagen an.

Nein, jetzt keine lüstern-lustig erfundene Geschichte über mich und Hertha! Lügen sind weit dauerhafter als die Wahrheit, und sie haben Nachkommen. 1969 erzählte ich einem Bekannten, ich hätte mich in eine Reichsbahnerin verliebt, die am S-Bahnhof »Botanischer Garten« die Züge abfertigte. Absolut erfunden, sowohl die Frau als auch die Geschichte! Er sprach mich Jahre später noch einmal darauf an, und ich verriet ihm, sie habe Anna Pachulke geheißen und sei im Bett unvergeßlich gewesen, lakonisch in der Sprache, leidenschaftlich in der Sache, leider verheiratet.

Mit wem? Das wisse ich nicht, antwortete ich, die Ehe sei inzwischen wenig glücklich, wir hätten daher kürzlich unseren Kontakt wiederaufgenommen und ach, Mann, das Leben könne schon toll sein, es schreibe unglaubliche Geschichten! »Und wie geht es bei dir so?« fragte ich beiläufig. »Ich bin ihr Ehemann«, flüsterte mein Bekannter und wartete gespannt auf meine Reaktion.

Keine Lügen also, nur Wünsche: Ich möchte wieder jünger und unbekümmerter sein, wie vor zwanzig Jahren, und dazu ein bißchen tüchtiger. Und kein Stöhnen mehr wegen aufsteigender Peinlichkeiten, kein Zucken, kein Biß der Bestie. Zehn Jahre süßester Erfolge auf jedem nur denkbaren Gebiet würden mir genügen, danach könnte der Dünne mit den harten Händen mich mitnehmen. Dann, bitte, kein langsamer Niedergang, sondern ein sofortiges Ende!

Der Zug schleicht bergauf in einer Waldschlucht, die ihren Namen einem Rinnsal namens Müglitz verdankt. Als Hertha mich kontrollieren kommt, zeigt sie Respekt vor der Netzkarte: »So etwas habe ich noch nicht gesehen, reisen Sie beruflich?«

»Ich bin Sammler. Ständig unterwegs.«

»Sammeln Sie zufällig Rechenmaschinen?«

»O ja ... warum nicht? Ich meine, warum?«

»Mein Großvater hat welche gebaut, bis 1940, glaube ich.«

»Wie hieß er?«

»Wilfried Theinig.« (Nie gehört den Namen.)

»Das gibt's doch nicht! Theinig, ich entsinne mich, bekannter Name! Heißen Sie auch so?«

»Bis jetzt ja. Also, wenn Sie Rechenmaschinen sammeln, da hätte ich noch eine Unmenge, alles geerbt, die alten Bestände. Mein Bruder hat kein Interesse, der macht Uhren. An sich müßte alles in irgendein Museum, aber man ist auf Achse.«

Hertha Theinig. Rechenmaschinen. Ich gründe ein Museum für Rechenmaschinen in, sagen wir, Bad Liebenwerda. Des Klangs wegen: »Liebenwerda« ist der richtige Name für eine kleine, erfreuliche Museumsstadt. Wo liegt es eigentlich? Unwichtig. Jetzt muß ich antworten! Sammle ich Rechenmaschinen?

»Ich sammle ganz allgemein – Gelegenheiten! Alte Rechenmaschinen gehören zum Interessantesten, was es gibt. Wenn Sie da Stücke haben, wie ich sie mir vorstelle, kann ich Ihnen sagen, daß ich nicht kleinlich bin. Darf ich mir Ihre Schätze mal ansehen?«

Hör ihn dir an, den alten Mistkerl.

»Die sind in Glashütte, im alten Haus, ich werde die Bude ja nicht los. Das Gutachten sagt ›baufällig‹.«

*

Reuter, der Mann mit der guten Nase, kauft also ein etwas heruntergekommenes Haus in Glashütte, restauriert es vierstöckig und errichtet darin das »Deutsche Rechenmaschinenmuseum«. Geschäftsführerin: Hertha Theinig mit zweimal »th« …

*

»Wie wär's heute abend?« frage ich.

»Da bin ich mit meinem Freund … aber morgen vielleicht?«

»Gut. Ich rufe Sie an, geben Sie mir die Nummer?«

Vorläufiger Abschied von Hertha Theinig, Nummer in der Brieftasche.

Am Abend dieses Tages, angesichts eines großen Pilses im Restaurant neben dem Kino in Glashütte/Sachsen. Ich schreibe ins Heft. Schreibe zum Gedächtnistraining. Vielleicht handelt es sich auch um Ermittlungen gegen die eigene Person, und daher die Vergangenheitsform. Jedenfalls schreibe ich nicht, um Träume im voraus zu lenken, das habe ich als Unfug verworfen.

*

Der Bahnhof von Glashütte wurde umgebaut, der Platz davor war eine Baugrube. Reuter mußte studieren, wie man überhaupt in die Stadt fand. Er rollte seinen Koffer durch Pfützen und über Schotterhaufen. Das Gasthaus »Zum Silberstollen« meldete »belegt«. Gab es sonst noch Quartier? Alle, die er fragte, wußten zuverlässig nur, wo ihr eigenes Bett stand. Es war kurz vor sechs. Er setzte sich in die Umrandung eines Schaufensters und schlug das Kursbuch auf, um zu sehen, ob und wie er hier wieder wegkam. Aber er wollte ja nicht weg, sondern morgen zu Hertha Theinig. Der Blick fiel auf sein linkes, nacktes Handgelenk. Wenige Zentimeter neben ihm hinter der Schaufensterscheibe: Uhren, schöne Uhren.

»Ich wollte mir bei Ihnen mal eine gute Uhr ansehen.«

»Da sind Sie hier richtig, wir haben besonders gute Uhren«, antwortete die Ladenbesitzerin, »und jedes Rädchen ist in Glashütte hergestellt.«

Er betrachtete mit Hingabe ein schönes Stück für runde hunderttausend Mark, wendete es verliebt hin und her und murmelte beiläufig: »Bevor ich es vergesse – kann man hier auch übernachten? Das Gasthaus ist leider belegt.«

»Kein Thema!«

In wenigen Minuten war für ihn telephonisch etwas gebucht, hoffentlich nicht die Fürstensuite im »Gasthaus zum Silberstollen«.

»Vielen Dank! Tja, diese Uhr hier ist zwar großartig, aber ich liebe das ›understatement‹. Mir würde die andere zusagen, dort, diese schlichte.«

»Die ist ganz besonders beliebt. Ebenfalls Automatic.«

Es war eine eindeutig hübsche, angenehm schlichte Uhr und kostete schlicht zweitausend Mark. Jetzt nicht zurückgezuckt, schließlich brauchte er eine, die nicht nach Warenhaus aussah. Mit einem tiefen Atemzug holte er das Scheckheft heraus. Die Uhr, gut aufgezogen und fortan von seinen Körperbewegungen in Trab gehalten, saß bereits auf seinem Arm.

Die Übernachtungsmöglichkeit war in einem Haus am Ortsrand zwischen hohen Bäumen, eine Art Einliegerwohnung mit einem Bett, das Vertrauen weckte und nicht nach Alpträumen aussah. Die Wirtin organisierte Reuters Frühstück, sie selbst würde morgens nicht da sein, da sie »bei Original« arbeite, dem ehemals sozialistischen Uhren-Kombinat, jetzt GmbH.

Rundgang durch Glashütte. Reuter sah ein hübsches Haus von 1792. Aber seit Jahrzehnten hatte niemand an Farbe für die Fensterstöcke gedacht. Bei den Fenstern der Stadtverwaltung war es dasselbe. Und überall entdeckte er blecherne, angerostete Fähnchenhalter wie auch an manchen Westberliner Fenstern, die zur Straße schauten. Dort hatten einst Hakenkreuzfähnchen gesteckt, hier antifaschistische – vielleicht hatten die Blechröhrchen in Glashütte sogar beides hinter sich (nicht anders als ältere Fähnchenhalter aus Fleisch und Blut). Und sonst? Was in dieser Stadt gedieh, waren Bauklempnereien und Installateure. Wenn er hinter einem bunten Schild eine Kneipe vermutete, war es ein Gerüstbauer. Ein frisch renoviertes altes Haus, dem die Klingelschilder fehlten, trug die Aufschrift »Planungsbüro«. Ein japanisches Auto wurde vor dem »Fliesenzentrum« von Hand gewaschen. Soeben fing das Kino an: »The Rock, Fels der Entscheidung« mit Sean Connery. Viele Besucher, ausschließlich junge Leute. Er kaufte eine Eintrittskarte. Es ging um psychopathische Verbrecher, die Los Angeles mit Vernichtung bedrohten und daher von den Filmhelden schnell genug getötet werden mußten. Noch dumm im Kopf, ging Ole ins Restaurant. Der Wirt kam ihm bekannt vor: Derselbe Mann hatte ihm zuvor an der Kinokasse das Billett verkauft. Jetzt fragte er, wie es ihm, Ole, gefallen habe. Eine Gewaltorgie, antwortete dieser. Ja, aber die jungen Leute wollten das, sagte der Wirt. Liebesfilme gingen nur noch im Altersheim. »Ich nehme dann doch noch ein Pils«, entgegnete Ole und schrieb weiter.

*

Irgend etwas an dem Gespräch mit dem Gastwirt war ermutigend, aber was? Dann das Gespräch mit der Zimmerwirtin, es enthielt etwas ganz Wichtiges zur Situation des Ostens – weg! Ferner Kleinigkeiten wie der Grund, weshalb jene Bösewichte Los Angeles bedroht hatten, der Name des Kinos und die bisherige Zahl der Biere.

Die Leute am Nebentisch, lauter junge Väter, sind aufgeräumter aus der Vorstellung gekommen als ich. Jeder von ihnen schiebt eine Schubkarre durchs Leben, gefüllt mit Gelächter, kann sie aber nie richtig abladen. Heute holen sie das gemeinsam, bei immer rascher nachwachsenden Schnäpsen, gründlich nach. Ich beneide sie um ihren Freitagabend, ferner darum, daß sie jünger sind und besser schlafen.

Was ist mit dem bestellten Pils, bitte?

Weiter notiere und notiere ich. Es ist längst ein Zwang, nur durch eine Entziehungskur zu beenden. Oder nicht einmal das – falls die Schreiberei nicht allein von mir ausgeht, sondern sich meiner als Hauptfigur bedient.

Judith anrufen! Morgen als erstes. Oder? Ich fürchte den ganzen Anfrageschutt, den sie mir durchgeben wird, Telephonate, Faxe.

Bettwärts. Jetzt möchte ich das Gespräch mit meinem Traumteufel fortführen. Die neue Uhr sitzt fest an ihrem Platz. Was aber, wenn auch sie morgen verschwunden ist? Vielleicht hätte ich eine billigere nehmen sollen.

*

»Lenore fuhr ums Morgenrot…«

Ja, ich bin im Traum wieder gebissen worden, aber nicht vor einer Teufelsbibliothek, sondern am Fluß von einem mächtigen grauen Krokodil, das meinen linken Fuß zu fassen kriegte, mich ins Wasser zog und dort hin und her schleuderte. Ich litt entsetzlich, weil ich es nicht schaffte, umgehend zu ertrinken.

Nach dem Aufwachen sank ich erneut in den Schlaf und erlebte eine wütende, weinerliche Streitszene mit Judith, bei der ich mich beschwerte: »Ich hasse diesen Druck! Warum zwingst du mich ständig, dich anzurufen?« Ich rannte vor Wut aus dem Haus – es war ein mir völlig vertrautes Haus, das ich aber in der Realität nie gesehen habe. Im Traum wohne ich darin.

Es war jetzt von einer Menschenmenge umgeben, die gespannt darauf wartete, was ich tun würde. Ich schrie ihnen zu: »Ich hasse euch alle!« Und so war es ja. In der Hand hatte ich ein scharf geschliffenes, breites Haumesser wie die, mit denen die Bauern Reisig hacken, ein Kurzschwert. Mit ihm fiel ich über die Feinde her und trennte Köpfe von Rümpfen, bis ich merkte, daß die Köpfe Hörner hatten: Vor aller Augen hatte ich eine Gruppe weidender Kühe angegriffen. Da stand ich also blutverschmiert im Schlamm und schämte mich schrecklich, mein ganzer Körper schmerzte vor Schande. Ich wollte mich erschießen, aber die Pistole fehlte, sicher wieder verschlampt, verlegt! Ich sagte: »Gut, dann nach dem Aufwachen! Das Ding ist unter dem Kopfkissen.«

Dort ist es auch. Sogar die Uhr ist noch da. Es ist kurz vor fünf, die Hähne krähen, Sonnenaufgang. Für Sachsen und Sorben beginnt ein wunderschöner Tag, ich hingegen habe das Übliche: wehe Kiefer, Hüftschmerzen, Nackenkrachen, Rückenschmerzen mit Fortsetzung ins linke Bein.

Laptop eingeschaltet, Morgenmantel übergezogen. Ich schreibe mir jetzt eine Traum-Reinschrift mit gutem Ende.

*

Reuter erkennt unter den Zuschauern Griffzich, seinen Teufel. Der dürre Mann lehnt, in ein Handy sprechend und spöttisch herüberlächelnd, an einem Mast – einem hohen Scheinwerfermast, denn Reuter befindet sich mit den zerhackten Rindern zu seiner Schande in einem bis auf den letzten Platz besetzten Fußballstadion.

»Herr Griffzich, sehen Sie nur, was mir passiert ist. Können Sie mir helfen?«

»Abwarten. Wie gefällt Ihnen die neue Uhr?«

»Kommt die von Ihnen?«

Er lacht verlegen, was bei Teufeln selten vorkommt.

»Was soll ich jetzt tun?« fragt Ole.

»Reisen Sie weiter, bleiben Sie in Bewegung!«

Griffzich schiebt sein Handy zusammen, wendet sich ab und ist im selben Augenblick verschwunden, unsichtbar. Das Stadion ist jetzt von Bäumen umstanden, Säulen mit rätselhaften Zeichen stehen herum, und in der Mitte sieht Ole ein rundes, freistehendes Waschbecken. Er will sich darin die Hände waschen, schreckt aber zurück, denn im klaren Wasser des Beckens sieht er ein versunkenes Modellschiff, der Bauweise nach eine Hansekogge, nur der Mastkorb ragt heraus.

*

Dialoge, frei und etwas ziellos erfunden, scheinen mich abzulenken und zu beruhigen, wenn ich innerhalb weniger Stunden zur Beute von Krokodilen und zum Mörder von Rinderherden geworden bin. Ich beschließe, das Geschriebene zu speichern. Das deutsche Rechtschreibprogramm von Microsoft kennt das Wort »Handy« nicht, es empfiehlt mir eine Umwandlung in »Haydn« oder »Dandy«.

Am späteren Morgen. Alles ist verändert. Ich habe eine Panik durchlebt, zittere immer noch am ganzen Leibe, erschrecke bei jedem Geräusch. Das kam so:

Als ich den Laptop zuklappte, spürte ich, daß ein unsichtbarer Jemand an meinem linken Handgelenk rüttelte. Mir fielen die Tierbisse wieder ein, zweitens wußte ich, daß Herzattacken sich oft durch nervliche Sensationen im Arm ankündigen. Im selben Moment glaubte ich fest, daß in wenigen Sekunden der Infarkt zuschlagen werde. Dann die erleichternde Feststellung: Es lag an der neuen Armbanduhr! Sie war es, die vibrierte. Sie gab ein schnurrendes Geräusch von sich wie ein großer Nachtfalter an einer erleuchteten Fensterscheibe. Ich nahm sie sofort ab. Da sie nicht nur vorn, sondern auch hinten eine Glaswand hat, sah ich, daß da etwas wie verrückt rotierte – jenes Teil, das Körperbewegungen in Drehschwingungen umwandelt und so das Federwerk aufzieht. Als sie mit dem Gerüttle fertig war, stand der Sekundenzeiger. Ich zog sie von Hand auf, worauf er wieder vorzurücken begann.

Soll ich sofort bei Geschäftsbeginn in den Uhrenladen gehen? Ich fürchte eine Blamage, denn dort würde man nichts feststellen.

»Eine rüttelnde und schüttelnde Uhr? So etwas gibt es nicht, ganz im Ernst!«

»Aber das ist keine Uhr, das ist ein Kobold!«

»Tut uns leid, aber das hat mit Ihnen zu tun, nicht mit uns. Kobolde sind kein Garantiefall. Sehen Sie doch selbst, die Uhr geht einwandfrei, auf die Sekunde ...!«

»Aha. Danke. Ich bin wohl heute etwas ... entschuldigen Sie, bitte!«

Nein, nicht in den Uhrenladen. Und auch nicht darüber nachdenken, ob etwas in mir sein könnte, das Uhren in den Veitstanz treibt. Bemerkenswert immerhin: ich schreibe am hellen Morgen über meine Uhr, daß sie des Teufels sei, sofort erbebt sie im Protest.

Einer meiner Birkenrinden-Finger weist wieder einen Riß auf. Allmählich beängstigt mich auch das – bekomme ich eine Hornhaut, am Ende sogar Hufe? Schere, Pflaster zuschneiden, Salbe, Pflaster drauf. Heute ist auch wieder eine Spritze fällig. Ich habe vergessen, mir eine Glassäge zu besorgen, die ich für die etwas zu starkwandigen Ampullen brauche. Außerdem geht der Hirschtalg zu Ende, den ich auf die verhornten Hautstellen streichen muß. Ich werde nach einer Apotheke suchen, und vielleicht haben sie dort auch etwas, was nachts meine Zähne schützt. Das Biest, das mich beißt, bin ich selbst; nach und nach zermahle ich die eigene Person.

Nach dem Frühstück. Der Hausbesitzer selbst brachte es mir auf laubgesägtem Tablett. »Gut geschlafen?« fragte er.

»Leider nein. Es lag an meinen Alpträumen. Aber das Bett ist gut.«

»Haben Sie etwas Falsches gegessen?«

»Nein, ich *lebe* falsch.«

»Ich hatte auch immer Alpträume, früher! Ich beschloß dann von einem Tag auf den anderen, das Gegenteil von dem zu tun, was ich bisher gewohnt war. Tee statt Kaffee, Obst statt Fleisch, Milch und Säfte statt Alkohol, Bücher statt Fernsehen und Zeitungen, Gymnastik statt Zigarren. Ich träume jetzt sehr gut und solide!«

»Kann ich mir nicht leisten. Ohne Zigarren und Wein fehlen mir Motivation und Temperament. Ich habe einen anstrengenden Beruf. Einen Kontaktberuf, in dem alles auf Ausstrahlung und Stimmung ankommt.«

Er wollte mir weiter die Botschaft vom heilsamen Gegenteil näherbringen, aber ich lenkte ihn mit der Frage ab, was er tagsüber so mache. Er befreie das Haus vom Schwamm, sagte er, verbessere die Heizung, verputze den Dachraum, erarbeite sich die Geheimnisse der Wärmedämmung, finde heraus, wo es die günstigsten Dachziegel gebe – solche Sachen. Über seine Arbeitslosigkeit beklage er sich überhaupt nicht.

»Ich beneide Sie«, sagte ich, »Sie könnten sich

sogar das Aktiengeschäft erarbeiten, ach, was sage ich – die Spekulation mit Optionen und Futures – unsereiner hat einfach keine Zeit dafür.« Er entwich verwirrt, ich wandte mich dem Frühstück zu, die Morgenzeitung neben der Kaffeetasse. Las, daß Mikrochips entweder vergeßlich oder aus Sachsen seien, verstand das ebensowenig wie seinerzeit den Satz: »Ich bin zwei Öltanks.«

Dann war ich in der Apotheke. Dort hatte man die gesuchte Glassäge, ich bekam sie geschenkt, ferner kaufte ich Hirschtalg – der sich wie »Hirnschlag« las – und fragte, den Schutz meiner Zähne meinend, nach einer »Beißhemmung für die Nacht«, was frohes Gelächter auslöste. Wie nennt man so etwas wirklich? Einen inneren Maulkorb? Bißschiene? Zahnabstellgleis? Den korrekten Namen habe ich sofort wieder vergessen. Jedenfalls gibt es das Ding nur als Maßarbeit vom Zahnarzt. Mußte noch einmal zurück, weil ich die Kondome vergessen hatte. Nächstens vergesse ich, wozu sie gut sind.

Neuer Rundgang, diesmal durch eine morgenkühle Stadt. Im Bücherkorb eines Trödelladens liegt ein rund sechzig Jahre altes Reclam-Bändchen »Faust. Der Tragödie zweiter Teil«. Schlage das Heft nach der Orakel-Methode blind irgendwo auf, lege den Finger auf die Seite und lese die Zeilen:

»Wie kann er sich so weit vergessen,
mit echtem Adler sich zu messen?«

Um darüber nicht nachdenken zu müssen, beginne ich auf der ersten Seite zu lesen: *»Erster Akt. Anmutige Gegend«*. Entschluß: ich kaufe das Bändchen, zahle eine Mark.

Im Zimmer zurück, lese ich weiter. Die altertümliche Schrift hat einen Vorteil: Ich lese genau und langsam, legasthenische Vexierspielchen haben keine Chance. Schon auf der ersten Seite stocke ich, verstehe Zeile vierzehn nicht:

»Vier sind die Pausen nächtiger Weile,
nun ohne Säumen füllt sie freundlich aus.«

Ich zücke den Camouflage-Stift, um am Rande Wichtiges anzustreichen. Wichtig ist alles, was ich verstanden habe, ferner alles, was ich nicht verstanden habe.

»Fühl' es vor! Du wirst gesunden;
traue neuem Tagesblick.«

Diesen Satz nehme ich als Goethes Kommentar zu meinem Allgemeinzustand, speziell natürlich zum Bluttest. Vier Wochen noch bis zum Ergebnis. Es wird ja gutgegangen sein. Jetzt nehme ich die Glassäge, öffne die Ampulle, verpasse mir eine Injektion, an die ich nicht glaube, und telephoniere danach mit Judith. Sie erinnert mich daran, daß ich vor zwanzig Jahren und vier Monaten zum ersten Mal zu ihr gesagt habe: »Ich liebe dich!« Dann will sie mir die Post, die Faxe und Anrufe durchgeben, ich lehne das ab. Sie erzählt von einer Kundin, die Zwillinge bekommen habe.

»Ich muß leider Schluß machen«, sagt sie, »gleich kommt …«

Ich unterbreche: »Ich lieb' dich!«

»Ich lieb' dich auch!«

Was für ein Unterschied zum strahlenden, bekennenden, auf Jahrzehnte angelegten »Ich liebe dich«! Das Ersetzen eines einzigen »e« durch Apostroph verlegt die Liebe von der Bühne ins Parkett, wo sie sich ein bißchen duckt, damit niemand anfängt, über sie nachzudenken. – Ich frühstücke mit Faust.

»Säume nicht, dich zu erdreisten,
wenn die Menge zaudernd schweift.
Alles kann der Edle leisten,
der versteht und rasch ergreift.«

Er sollte dazu allerdings das Gretchen verlassen. Sonst entfaltet sie ihre eigene Art von Kraft und macht ihn zum Pantoffelhelden, schlimmer, zum Dekorationsstück.

*

Mein Zug wird um 11.05 Uhr abfahren, und ich möchte vorher noch ins Uhrenmuseum. Es ist so etwas wie die gute Stube von »Original«, dem alten Kombinat, und nah am Bahnhof. Ich betrete das Museum – ich sehe auf die neue Uhr – um 10.05 Uhr, habe also eine knappe Stunde für all diese ehrwürdigen Uhren und Gangmodelle. »Glashütter Ankergang mit Kolbenzahnhemmung« steht auf dem Schild. Während ich in den Glaskasten schaue, trifft mich ein Blitz: Von der anderen Seite photographiert jemand, entschuldigt sich dann. Ein freundlicher Mann, wir unterhalten uns ein wenig.

»Uhren sind anhänglich und wachsam«, sagt er, »wie Hunde. Schlecht behandelt, werden sie Bestien und beißen ihr Herrchen.«

»Wie soll das gehen?«

»Haben Sie mal darüber nachgedacht, warum so oft Uhren stehenbleiben, wenn jemand stirbt? Ich habe das untersucht, als Krankenpfleger hat man Einblick. Die Sache verhält sich umgekehrt: Viele Menschen sterben, kurz nachdem ihre Uhren stehengeblieben sind!«

»Wie kurz?«

»Zwei Sekunden, allerhöchstens zehn Sekunden.«

Ich recke rasch den linken Arm: 10.14 Uhr, der Sekundenzeiger rückt voran. Erleichtert wende ich mich einem Modell der teuersten Hemmung zu, die überhaupt zu haben ist, sie heißt »Tourbillon«. Meine Uhr hat aber, wie mir wenig später der Historiker des Museums erklärt, eine »Palettenankerhemmung«, wobei man übrigens grob sagen könne, daß »Palette« und »Kolbenzahn« ziemlich auf das gleiche hinausliefen.

»Was ist denn mit ihr, sie steht ja!« sagt der Historiker beiläufig mit Blick auf meinen linken Arm. Ich fühle einen Schmerz in der Brust, greife mir ans Herz, zu meinem Erstaunen schlägt es noch. Noch! Ruhe bewahren! Die stehende Uhr zeigt 10.14.

»Wie spät ist es denn wirklich?« keuche ich.

»Fünf vor elf.«

Ich flüchte zum Bahnhof. Was auch immer hier gespielt wird, ich muß den Ort verlassen.

*

Gegen vier Uhr. Bin schon wieder auf dem Bahnsteig in Glashütte, zum wiederholten Mal jetzt, denn ich fahre seit mittags zwischen Heidenau und Altenberg hin und her. Ich wollte in der Müglitztalbahn eventuell Hertha wiedersehen, aber sie hat wohl frei – angerufen habe ich sie nicht. In Glashütte pflegt der Zug eine Weile zu stehen, um auf den Gegenzug zu warten – ich blicke aus dem Zugfenster auf die am Bahnhof entlangtrödelnde Müglitz und überlege jedesmal, ob ich aussteigen und die Uhr zurückgeben soll. Sie scheint jetzt einwandfrei zu gehen, und ich zögere, sie umzutauschen. Irgendein obskurer Teil meines Gehirns suggeriert, die Uhr habe mir etwas mitzuteilen.

Der wahre Grund, warum ich diese Strecke den ganzen Tag nicht verlassen habe: Ich will mich aufs Lesen konzentrieren und nicht durch neue und womöglich interessante Landschaften abgelenkt werden. Das ist – und nicht nur das – anders als vor zwanzig Jahren.

Sechs Uhr. Ich kenne die Stationen des Müglitztals jetzt recht gut, auch viele seiner Bewohner. Viermal, wenn nicht öfter, fuhr ich an einem Gasthaus namens »Erbgericht« vorbei, was nach ordentlichen Portionen klingt. Ich entschließe mich dann doch, ab Dresden mit dem Intercity nach Berlin zu fahren, und zwar im Speisewagen! Phantasiere ein Beratungsgespräch mit einer alleinreisenden Dame, jung, schön und verbissen, die – wie die ganze Generation – entweder reich oder heilig, jedenfalls prominent werden will und der ich all das ausreden werde. Leider sieht das Phantasiebild meiner Tochter ähnlich, die sich in ihrem kurzen Leben nie etwas ausreden ließ.

Im Dresdner Hauptbahnhof, der sehr dunkel ist, kann man sich aus der Hand lesen lassen – was ich tue. Die angenehme ältere Dame – ihr Haar ist gepflegt und etwas bläulich – hat keine Warze auf der Nase, nicht einmal einen schwarzen Kater auf dem Schoß. Sie erkennt meine gespaltene Lebenslinie, weissagt mir aber zunächst die Erfolge, die ich schon hinter mir habe, raunt nebenbei etwas von Verletzungsgefahr.

Und dann sei da etwas – sie spricht also doch darüber –, was sie bisher nicht erlebt habe: Ich sei nicht einer, sondern mehrere, sei »irgendwie aufgespalten«. Würde ich angegriffen, zerteilte ich mich wie der Besen in Goethes »Zauberlehrling«. Ich danke ihr und sage, ich müsse zum Zug. Ich weiß ganz genau, was sie meint:

Als ich mit acht Jahren zum ersten Mal mit einem im Hotel wohnenden Onkel telephonieren sollte, hatte ich etwas Angst. Ich war daran gewöhnt, von Gesichtern abzulesen, was ich sagen mußte oder konnte. Es kam dann noch schlimmer: Der Onkel war nicht da, und eine mir unbekannte Empfangsdame stellte Fragen und redete sehr schnell auf mich ein – ich war völlig überfordert. Da verwandelte ich mich einfach in den älteren Bruder des telephonierenden Kindes und schubste dieses weg: »Gib mir den Hörer, du kannst ja gar nicht telephonieren! Entschuldigen Sie, das war der Kleine. Wo ist denn mein Onkel?« Erst als die Kinderzahl auf drei angewachsen war – ich erfand mir zuletzt eine fünfzehnjährige Schwester – hatte ich alles geklärt. Ich ging aus dem Gespräch schweißbedeckt, aber nicht ganz als das schüchterne, ständig rätselhaft versagende Kind hervor, das ich war. Und habe diese Art, mit Problemen und Prüfungen fertig zu werden, bis heute beibehalten. Ein Luther bin ich nicht. Wo immer ich stehe, ich kann auch anders.

Einer, der sich in dreie verwandeln kann, kommt nie in Gefahr, allerdings auch kaum zu Ehren.

Ich rufe noch rasch Hertha Theinig an und sage ihr, ich sei gerade in Bad Liebenwerda, würde mich aber wieder melden. »Was ist das für ein Name – ›Ole‹?« fragt sie. »Die Abkürzung von ›Lenore‹«, antworte ich und überlasse sie ihrer Verblüffung.

Als ich im Zug ein leeres Abteil der ersten Klasse betrete, breitet auf dem dunkelroten Sitzpolster ein lebloser Totenkopfschwärmer seine Flügel aus. Ich will ihn vorsichtig hochnehmen und genauer betrachten, da surrt er plötzlich los und fliegt gegen das Glas der Gangtür an. Ich öffne sie ihm, überlege kurz und verlasse dann selbst den Zug, der mir nicht mehr geheuer ist.

*

Zweiter Brief des Engels Barampola

Es sind nun über fünfzig Stunden. Er hat jetzt eine neue Uhr, die ihm Streiche spielt, wird darüber halb zum Spiritisten. Ferner meint er den inneren Kontinent all seiner Leiden entdeckt zu haben, nennt ihn »Enteuthen« und will ihn bereisen, wittert ein neues, ganz auf ihn zugeschnittenes Imperium, das er dann mißtrauisch und wütend verteidigen und ebenso verlieren dürfte wie alles andere. Um sich her sieht er eine Welt von Feinden, fühlt sich dabei besonders hell und kämpferisch wie all die Helden, die in hilfloser Feindseligkeit Menschen verloren geben, statt sie zu gewinnen. Chancen sehe ich in seinen Wutanfällen und der Beschämung darüber. Vielversprechend auch seine Gewohnheit, alles umzudrehen und umzulügen, um das Schuldgetöse in seinem Inneren anderen zuzuschieben.

Genau wie Du es mir erklärt hast, lieber Quardokus, ist der größte Gram von Ole Reuter, daß er seine Tochter verloren hat. Noch immer versucht er, nicht an sie zu denken, sie kommt auch in seinen Notizen kaum vor. Obendrein glaubt er, Judith könne ihm sein Versagen nicht verzeihen. Dabei hat sie es längst getan und liebt ihn unbeirrbar. Da er daran aber nicht glaubt, steigert er sich in einen Trotz, fühlt sich ständig in seinem Heldenwesen behindert, geht fremd, denkt an Trennung und will natürlich, daß diese von ihr ausgeht, weil er es nicht übers Herz bringt, sich auszusprechen. Es ist ausnahmsweise nicht nur Feigheit allein – er hängt an ihr und wäre ohne sie verloren.

Ich spielte ihm versuchsweise »Faust II« in die Hände. Treffer! Er liest das Werk so eifrig, als hätte Goethe vor allem ihn gemeint (ein früher in Deutschland sehr verbreiteter Wahn). Seine Gedanken kreisen zunehmend um die Idee des

Teufelspaktes. Möglich, daß wir für ihn dieses alte Ding wieder hervorholen müssen, ich verabscheue aber den damit verbundenen brimborischen Aufwand. Schlankere Lösungen wären mir lieber. Schreibe bitte, wie Du darüber denkst.

Insgesamt entwickelt sich alles nach Wunsch. Er weiß wenig darüber, was Menschen möglich ist, und schon gar nicht, was uns möglich ist.

Drittes Kapitel

Der Baron Le Vision

Ole Reuter klappte sein Schreibgerät zu und setzte die Hörbrille auf. Er nahm drei Zigarren aus dem edlen Kästchen, schob sie in silberne Hüllen, panzerte damit sein Herz und verließ das Hotel in strategischer Stimmung.

Das also war Dresden! Warum war die Stadt eigentlich so schwarz? Wegen der Brandverwüstung von 1945? Wegen der Braunkohlenheizung der DDR-Zeit? Aber imposante Straßenlaternen gab es – in ihrem honiggelben Schein las er »Erdrutsch für Sie« statt »Exklusiv für Sie«, schrieb das auf.

Auf der Terrasse eines Restaurants namens »Italienisches Dörfchen« aß er zu Abend und notierte die Stilblüte: »Unsummen von Mücken umsummen mich.« Der Kellner goß ein und sagte: »Zum Wohlö!« Das »ö« wirkte verdächtig, östlich, sozialneidisch-devot, absolut blödsinnig. Am Nebentisch jammerte man über die Mückenplage und vieles mehr. Ole verstand trotz Hörgerät nicht alles, wohl aber den Refrain: »Vor der Wende gab es das nicht«, »Seit der

Wende erleben wir ... «, »Da fragt man sich doch, was die ganze Wende überhaupt ... «

Ole trank aus und richtete das Wort an die Menschen: »Entschuldigung, Sie sprechen von Mücken, da bin ich Experte: Mücken gehen grundsätzlich zu denen, die jammern.« Er fühlte sich gut dabei, lächelte vergnügt, o ja, Ole Reuter, Insektenpsychologe, harter Bursche, Selfmademan und Verächter von Selbstmitleid. Die anderen verstummten, zahlten und verließen, Gift in Köpfen und Blicken, die Terrasse.

Ole sann vor sich hin, zur Selbstkritik fähig, aber keineswegs bereit. Er hatte ein Gespräch anfangen wollen, mit einer kleinen Frechheit als Würze. Das Wort »Entschuldigung« war als Einstieg möglicherweise falsch gewesen, denn mit ihm begannen sämtliche Übel der Welt, Verbrechen sowieso.

Beim Überqueren der Brücke sah Ole, wie ihn aus dem Rückfenster eines vorüberfahrenden Wagens ein Pudel anbellte, eigentlich angrinste, dabei auch noch bellte, und er war schwarz. Dann wieder spürte er einen Blick genau zwischen den Schulterblättern, drehte sich um, aber da standen nur zwei Liebesleute, und daneben ein Taxi, das auf das Ende ihrer Umarmung wartete. Wer beobachtete ihn denn? Irgend jemand weiter unten, im Hafen der Weißen Flotte, wahrscheinlich mit einem Fernglas. Daß er Blicke spüren könne, hatte Judith stets bezweifelt, sie nannte ihn »überempfindlich«. Letzteres stimmte in jedem Fall.

Jenseits der Brücke geriet Ole in eine Unterführung. In ihr gaben sich Dutzende von langen jungen Männern dem Rollschuhfahren hin, manche mit schweren Rucksäcken und vor Schmutz steifen Hemden, vielleicht nonstop aus Prag herbeigerollt, vielleicht aus dem Inneren Asiens. Die vielen hundert kleinen Räder bollerten unablässig über die Fliesen, ein Höllenlärm.

Plötzlich jagte einer der Riesen direkt auf ihn zu, ergriff ihn ohne Abbremsen mit Händen wie Schraubstöcken und schwang sich Oles schweren Körper wie ein Bund Stroh über die Schulter. Stellte ihn unsanft an der nächsten Wand ab und schrie: »Wo ist das Geld? Sag bloß, du hast es wieder nicht. Ich bring dich um, du miese Ratte! Und so was nennt sich mein Bruder!«

»Entschuldigung, aber ich ...«

»Entschuldigung? Wenn ich das Wort schon höre! Mit ›Entschuldigung‹ fängt jedes Verbrechen an. Ich will meine fünfhundert Mark!«

»Ich bin keineswegs der, den Sie ...«

Jetzt packte ihn der Mann an der Kehle und begann zuzudrücken. Ole versuchte vergeblich, ihm das Knie in die Genitalien zu rammen, aber immerhin lockerte sich der Eisengriff so weit, daß Ole schreien konnte.

»Hilfe, Überfall!«

»Fünfhundert Mark! In fünf Sekunden habe ich sie hier in meiner Hand, oder du schwimmst im Müllsack die Elbe runter! Betrüger!«

Inzwischen hatten sich Neugierige dazugesellt, lauter stabile Kerle auf Rollschuhen, und wahrscheinlich nicht, um Ole gegen den Angreifer in Schutz zu nehmen.

»Sie lügen. Ich habe Ihr Geld nicht!«

»Kein Bargeld dabei? Da drüben ist ein Geldautomat.«

»Ich habe kein Geld von Ihnen, sondern Sie wollen mir meines nehmen!«

Während er diese Worte ausstieß, sah er den Polizisten. »Herr Wachtmeister! Hilfe!«

»Was ist los?« Der Beamte schlenderte heran.

»Ich werde soeben überfallen. Von diesem Mann!«

»Idiot«, sagte der Riese, »jetzt hast du alles verdorben! Ich habe dich überschätzt.«

»Sie haben den Mann bedroht?« fragte der Polizist. Die anderen Rollmenschen machten sich davon, erst sachte rückwärtsfahrend, dann vorwärts und immer geschwinder.

»Überhaupt nicht«, ärgerte sich der Große. »Es ist ein Spiel. Und er hält sich einfach nicht an die Regeln, er ist zu blöd dafür. Mensch, Hans-Peter, du sollst dir was einfallen lassen, kreativ sein! Die Polizei rufen gilt nicht. Du mußt eine

Gegeninszenierung schaffen. So hatten wir das abgemacht!«

»Ach so«, sagte der Polizist, »das konnte ich ja nicht wissen.«

»Dieser Mann will fünfhundert Mark erpressen!«

»Komm, komm«, nickte der Große verächtlich, »jetzt hör mal auf damit, das nervt!« Zum Polizisten sagte er: »Wir gehören zu einem Psycho-Workshop. Die Methode heißt ›instant theater‹, zu deutsch Möglichkeitsübungen, kommt aus Las Vegas. Frei werden durch Selbstinszenierung – es bringt 'ne Menge!«

»Also, wie jetzt?« fragte der Polizist, verlegen lächelnd.

»Doch, es stimmt schon«, bestätigte Ole Reuter plötzlich, »wenn Sie wollen, können Sie gern noch ein wenig zusehen.«

Der Polizist nickte freundlich Zustimmung, der Riese hingegen wirkte überrascht, fast alarmiert.

»Ach«, fuhr Ole fort, »würden Sie das für einen Moment an sich nehmen?« Er reichte dem Beamten Ausweis, Portemonnaie und Brieftasche. Inzwischen war ein weiterer Polizist erschienen und näherte sich ihnen neugierig.

»Jetzt sind Sie dran«, sagte Ole zum Rollschuhmann, »Sie wollen also mein Bruder sein. Los, machen wir ›instant theater‹! Meinen Bruder habe ich zwanzig Jahre nicht gesehen, und Sie sind es bestimmt nicht. Mein Bruder war gerade mal einsfünfundsiebzig groß.«

»Als ich noch im Wachsen war! Muß ich jetzt wirklich meinem eigenen Bruder beweisen ... ?« empörte sich der lange Mann, aber dann mußte er lachen: »Gut, Sie haben gewonnen! Der Wein geht auf meine Rechnung. Wie heißen Sie wirklich?«

»Napoleon«, sagte Ole und registrierte, daß der Polizist in den Ausweis blickte. »Was für Wein?«

Der Rollschuhmann fuhr einen kleinen Bogen, sammelte die Zigarren ein, die Ole aus der Brusttasche gefallen waren, und reichte sie ihm.

»Ich lade Sie ins Kügelgenhaus ein. Mache ich immer, wenn jemand gut gespielt hat. Wollen Sie nicht auch mitkommen, Herr Hauptmeister?«

»Ich bin im Dienst«, antwortete der Beamte und gab Ole seine Papiere zurück.

»Kommen Sie, Napoleon!« sagte der Mann mit den starken Händen. »Ich erkläre Ihnen, was Sie da erlebt haben – ich bin der Baron Le Vision.«

Schon waren sie zusammen unterwegs.

»Haken Sie meinen Arm unter und schieben Sie mich vorwärts«, verlangte der Riese, und Ole tat es, weil es wirklich die beste Methode war, wenn ein Rollschuhläufer und ein Fußgänger zusammen in einer belebten Stadt unterwegs waren. Aber am Lokal angekommen, ließ Ole den Baron in einigem Abstand voranrollen: Er war neugierig, ob dieser Gorilla auf Rädern die geringste Chance hatte, in einem feinen Traditionslokal eingelassen zu werden.

Der Oberkellner registrierte stirnrunzelnd das Rattern der Skates, die schmutzigen Jeans, das verschwitzte Hemd des großen Kerls und begann etwas zu sagen, aber der Baron nahm die Nase des Ärmsten zwischen zwei Finger und sprach: »Was näseln Sie da? An das Sächsische werde ich mich nie gewöhnen! Kommen Sie, kommen Sie!«

Nun zog er an der Nase, zog sie zu einem freien Tisch, dem Kellner blieb nichts übrig, als ihr Gesellschaft zu leisten. Ole Reuter folgte verblüfft und peinlich berührt, aber auch mit einer gewissen Bewunderung. Das war wirklich ein unmöglicher Kerl. Immerhin schien er jetzt keinen Raubüberfall mehr im Sinn zu haben.

Den genasführten Ober bewegte deutlich der Wunsch, etwas vorzubringen: »So etwas Unglaubliches habe ich in meinem ganzen Leben …«

»Sie näseln schon wieder. Näseln Sie nicht!« Jetzt saßen der Herr Baron am Tisch, streckten dero Rollschuhe unter denselben und ließen endlich die Nase los. »Wie viele Flaschen vom ›Roten Wackerbarth‹ haben Sie da, mein Freund?«

»Ich glaube, so um die zehn«, flüsterte der Ober und rieb sich die Nase.

»Na bitte, jetzt sprechen Sie ordentlich, es geht doch! Bringen Sie uns gleich die erste, wenn sie richtig temperiert ist, und reservieren Sie weitere vier!«

Der Kellner entschied sich dafür, nichts weiter einzuwenden. Die Flasche kam im Handumdrehen und war weder zu kalt noch zu warm.

Das Kügelgenhaus hieß nach einem Maler, dem Vater des Verfassers der »Jugenderinnerungen eines alten Mannes«. Im zweiten Stock gab es ein Kügelgen-Museum, im ersten hatte angeblich Goethe 1813 am Fenster gestanden, und im Parterre saßen heute, am 8. August 1996, ein strategischer Berater namens Ole Reuter und ein riesig geratener, phantasievoller Gewalttäter namens Baron Le Vision, der die Rollschuhe auch beim Trinken nicht ablegte. Im Jahre 1820, bemerkte der Baron, sei dieser Kügelgen von einem desertierten Soldaten gemordet worden, als er vor den Toren der Stadt malte, von hinten erschossen wegen etwas Bargeld und einer altersschwachen messingnen Taschenuhr aus Bacharach am Rhein.

»Was malte er?«

»Einen Baum, den er das ›Krebsentier‹ nannte, einen kleinen, kargen Baum, sehr asymmetrisch.

Er hatte Verwachsungen, dieser Baum, sozusagen einen inneren Buckel.«

»Und woher wissen Sie das?«

»Ich habe jahrelang Bilder restauriert. Das ›Krebsentier‹ war bis 1928 unbekannt, fand sich bei den Nachfahren der Caroline Bardua, wurde zunächst Leonhardi zugeschrieben, einem Landschaftsmaler der übernächsten Generation, zumal Kügelgen vor allem Porträtist war. Aber es gab Briefe an die Bardua, und da war auch dieses Loch in der Leinwand, das nur von einer Kugel stammen konnte ...«

»Was für einen Beruf haben Sie heute?«

»Ich übe alle möglichen Berufe aus. Ich war Schuldeneintreiber, Tierbändiger, Theaterdirektor, Banker, Astronom und noch etwas, was ich Ihnen nicht verrate. Heute bin ich der Baron Le Vision. Sie haben jetzt genug Fragen gestellt, Fragen sind Zumutungen. Ich will keine mehr hören! Trinken wir!«

Keine Fragen? Ole begriff: Auf dem Programm stand das Üben der Fähigkeit, ohne Fragen auszukommen. Fortsetzung des »instant theater« mit anderem Stück. Aber es konnte ein schwieriger Abend werden. Ab sofort mußte er Eigenes offenlegen, um vom anderen etwas zu erfahren. Er stürzte das erste Glas hinunter.

»Ich habe Sie richtig eingeschätzt«, bemerkte der Baron, »sie trinken aus Gier. Hören Sie, das ist ein 89er Wackerbarth! Aber wie Sie wollen – jeder nach seiner *façon*.«

»Ich gehe erst ins Hotel, wenn ich ordentlich gebechert habe. Mein Leiden heißt *pavor nocturnus*, nächtliche Angstzustände. Und im Traum werde ich regelmäßig von Raubtieren oder Erinnyen zerrissen. Nehmen Sie eine Zigarre?«

»Das war eine Frage, seien Sie vorsichtig!« brummte Le Vision und griff sich ansatzlos die einzige Trinidad, im freien Handel nicht erhältlich, ein Geschenk von Castro. Ole fielen dazu eine Menge Fragen ein.

Sie schwiegen mürrisch, rauchten und tranken. Der Wein war, anders als dieses Untier auf Rollschuhen, genießbar. Ole war enttäuscht und ärgerlich, er beschloß, sich mit sich selbst zu unterhalten.

»Mit fünfzehn rauchte ich meinen ersten Stumpen und fühlte mich ab sofort als Mann. Es war auf einer Radtour durch Deutschland. In Augsburg, o Gott!«

Der Baron musterte liebevoll einen davonziehenden Rauchkringel: »Das wollen wir alle sein: Männer. Oder wertvolle Menschen. Oder Schweine. Hauptsache siegreich.«

»Den meisten genügt es, einzigartig zu sein.«

»Geht nicht. Das Menschsein verdirbt jede Einzigartigkeit.«

»Mir persönlich macht das nichts. Ich will leben wie andere auch.«

»›*Er sucht bescheiden auszuweichen*
und tut, als gäb' es seinesgleichen.‹«

»Mephisto zu Faust.«

»Faust zu Chiron.«

In diesem Moment begann Oles Uhr zu vibrieren und zu rütteln.

»Nun sehen Sie sich das an!« Er löste die Uhr vom Handgelenk und zeigte dem Baron durch die gläserne Rückseite: Das Schwungteil rotierte wie verrückt. »Wahrscheinlich lacht sie, lacht sich über uns tot!«

»Da ist was dran«, bemerkte der Baron nach einer Weile, »denn jetzt steht sie.«

»Das macht nichts, ich ziehe sie auf und stelle sie neu.«

»Sie würden bestimmt nicht auf die Idee kommen, sie erst zu stellen und dann aufzuziehen, Sie nicht!«

»Das verstehe ich jetzt nicht, aber sie ist jedenfalls – eine Persönlichkeit, vielleicht sogar ein Ratgeber«, sagte Ole. »Sollte ich durch sie einen Termin verpassen, nähme ich das als Beitrag zu meinem Lebenslauf.«

Le Vision schwieg, grinste und rauchte.

»Also, es ist so«, sagte Ole, »ich fahre ziellos im Land herum und registriere, was in und außerhalb meiner Person alles passiert, in der Wirklichkeit, im Traum – was auch immer. Und schreibe es auf.«

»Aha.«

»Ich spanne aus. Frische mein Gedächtnis auf, mache mir Gedanken. Lese ein wenig. Dabei finde ich so etwas wie Frieden.«

»Sie vergessen Ihre Nächte. Sie glauben doch selbst nicht, was Sie sagen! Sie wollen etwas und haben Angst, Sie könnten es nicht kriegen.«

»Ich habe alles. Sogar eine wunderbare Frau ...«

»Ach ja, Sie haben Gretchen geheiratet ...«

»... vielleicht sollte ich noch Rollschuhfahren.«

»Sie möchten sich gern in ein neunzehnjähriges Kalb zurückverwandeln, im übrigen aber der bewunderte Stratege bleiben. Das schaffen Sie, wenn überhaupt, nur mit meiner Hilfe.«

»Wie bitte?«

»›Wie bitte‹ ist eine Frage!«

»Entschuldigung!«

»Kommt bei mir nicht vor, aber eine neue Flasche. Herr Ober!«

»Kann ich etwas für Sie tun?«

»Keine Fragen! Die nächste Flasche!«

»Gut, ein besseres Gedächtnis wäre natürlich schön«, meinte Ole, »und ein paar Pfunde weniger.«

»Und etwas mehr Zeit für die Familie, eine Weile gar nichts tun. Freunde sehen, die nichts von Ihnen wollen, glücklich sein ...«

»Sie liegen völlig falsch«, erwiderte Ole, »und das Wort ›Glück‹ kann ich nicht mehr hören. Ich bin ehrgeizig und boshaft.«

»Sie sind zahnlos!«

»Sie meinen ...«

»Kein Biß! Nicht böse genug. Und daher auch nicht klug genug. Der Mensch braucht Konflikt und Spannung, damit Kreislauf und Hirn funktionieren. Aber bei Ihnen fehlt es schon an den Chromosomen. Sie wollen beim Bösesein gut bleiben, kriegen also beides nicht. ›Wasch mich, aber mach mich nicht naß‹, die dümmste aller Strategien. Ergebnis: Wehleidigkeit, Selbstzerfleischung, Angst vor Zurückstufung, Wutanfälle, Neid, Rachephantasien. Wie man die Guten und Braven so kennt!«

»Augenblick mal ...«

»Sie werden in den Himmel kommen, ja. Und dort in die Mülltonne.«

»Woher nehmen Sie, ich meine, Sie nehmen sich hier ...«

»Sie sind nicht einmal in der Lage, meine Spielregeln zu brechen oder wenigstens Änderung zu verlangen! Sie platzen vor Fragen und wagen keine zu stellen, weil ich die Frageform ›verboten‹ habe.«

»Ich platze überhaupt nicht vor Fragen«, sagte Ole scharf und kräuselte seine Lippen zu dem überlegenen Lächeln, dessen provozierende Wirkung er kannte: »Da hat der Baron wohl die falsche Vision.«

Der andere konnte auch lächeln, und zwar noch wirksamer, denn er sagte dabei kein Wort.

»Nennen Sie mir doch eine Frage, von der Sie annehmen, daß ich Sie Ihnen unbedingt stellen will.«

»Sie wollen wissen, ob ich der Teufel bin, oder wenigstens einer von vielen Teufeln. Habe ich sofort gesehen. Sonst wären Sie auch gar nicht mitgegangen.«

»Und warum sollte ich am Teufel interessiert sein?«

»Weil Sie unentwegt Menschen zerstören, die Sie lieben. Sie liefern sie ans Messer, aber nicht aus Überzeugung, sondern aus Feigheit, und dann können Sie dieses Versagen nicht verzeihen, weder sich noch den Opfern.«

»Sie wissen von meiner Tochter?!«

»Ach Tochter, mit Ihren Freunden machen Sie es doch genauso! Und was ist mit Ihrer Frau? Na? Spucke weggeblieben?«

»Irgendwie ja.«

»›Irgendwie‹! Lieblingswort aller Anpasser.«

»Auf Anpassung hoffen Sie vergebens. Die Spucke bleibt mir weg, wenn ich diesen Unsinn von den ›Opfern‹ höre. Damit wollen Sie mich beeindrucken? Es gibt keine Opfer, nur Täter, die gewinnen, und Täter, die verlieren. Letztere sind nicht frech genug, nicht böse genug …«

»Sieh an, sieh an!«

»Meine Frau, meine Tochter, meine Freunde – ich schulde ihnen gar nichts! Was immer sie tun, sie tun es für sich selbst. Wenn sie für mich etwas tun, dient es auch ihrem Vorteil, nur indirekt.«

»Klingt vernünftig.«

»›Was du nicht willst, daß man dir tu, das füg beizeiten anderen zu.‹«

»Des Teufels Pressesprecher – ich danke für die Bewerbung! Er hat aber keine Schwätzer nötig, er ist mit den Handelnden.«

»Auch ich bin mit den Handelnden!«

Der Baron Le Vision grinste, die Zigarre zwischen den Zähnen. »Also gut. Ein paar böse Ratschläge werde ich Ihnen geben. Erstens: Inszenierung! Inszenieren Sie sich als gut, aber handeln Sie konsequent böse. Nur wer lügt, entwickelt gute Nerven. Zweitens!«

»Ich notiere mir das, um darauf zu antworten.«

»Lassen Sie's, denn wer schreibt, bekommt zuwenig mit! Zweitens: Lösen Sie kein Problem, sondern seien Sie selbst eines. Drittens: Halten Sie sich an Gewinner. Viertens: Trennen Sie sich von Verlierern. Fragen Sie gar nicht erst, warum dieser oder jener zu den Verlierern gehört, machen Sie Schluß! Erklären Sie nichts, bitten Sie nie um Entschuldigung!«

»Woran erkenne ich Gewinner nach Punkt drei?«

»Daran, daß sie Punkt vier beherzigen. Fünftens: Vermehren Sie die Zahl Ihrer Feinde, denn Feinde kosten keine Zeit und lassen Sie nie im Stich. Vermindern Sie die Zahl Ihrer Freunde, am besten gegen Null. Sechstens: Führen Sie Menschen in Versuchung. Finden Sie stets heraus, wer käuflich ist – und käuflich sind alle. Siebtens die Geldregel ...«

»Es werden wohl zehn Gebote werden, stimmt's? Ein etwas banaler Ehrgeiz, finden Sie nicht?«

»Wollen Sie herumspötteln oder einer von den Großen werden? Siebtens wird behauptet, Geld sei eine Macht. Falsch, Geld ist gar nichts, es zerfließt und verdunstet. Es ist umgekehrt: Nur aus Macht kommt immer neues Geld. Tun Sie nicht so, als müßten Sie darüber erst nachdenken. Achtens zu den jungen Weibern, die Sie offenkundig nötig haben: Provozieren Sie sie!«

»Unsinn!« warf Ole ein, »Sie scheinen die neue Generation nicht zu kennen. Heute kann man niemanden provozieren, weder Mann noch Frau, man muß erst deren Selbstbewußtsein stärken, man muß alle, die man im Bett haben will, erst mühsam beraten und aufbauen.«

»Dann lassen Sie das bleiben, begehren Sie von vornherein solche, die wissen, was sie wollen!«

»Selbstbewußte Huren.«

»Gut geschaltet. Neuntens: Nehmen Sie, soviel Sie können, aber seien Sie dafür nicht dankbar, niemals. Zehntens: Bauen Sie nicht auf, sondern zerstören Sie, was andere aufgebaut haben. Nur so entsteht ein Imperium. Elftens: Das Leben ist kurz. Wenn Sie tot sind, sind Sie nichts mehr. Also verlieren Sie keine Zeit. Irgendwelche Fragen?«

»Ich bin Ihnen dankbar für Ihre Hilfe. Sie entspringt reinster Menschlichkeit und Güte.«

»Rührend Ihre Versuche, mich zu ärgern! Ich antworte Ihnen ernst: Ich restauriere Bilder, das ist mein Beruf, Bilder in Köpfen, *imagines agentes*. Bilder, die uns führen und verhindern, daß wir den Faden verlieren, ich bin selbst eines. Darin liegt ein großer Gewinn für Sie, also werden Sie den Wein bezahlen. Salut, ich habe noch zu tun!«

Le Vision stand auf. Ole wurde wütend.

»Kommen Sie sofort zurück und beantworten Sie meine Fragen. Jawohl, ich habe welche! Und Sie sind um Antworten verlegen, deshalb ergreifen Sie die Flucht!«

Le Vision ratterte auf den Skates am Kellner vorbei, tat, als wollte er nach dessen Nase greifen, so daß der Arme angstvoll eine Hand darüberlegte.

»Sie sind ein Schnorrer, ein Parasit!« rief Ole hinter ihm her, aber da war Le Vision bereits draußen.

Ole trank die eben noch servierte vierte Flasche leer und schrieb dabei auf, was er von den Geboten des Barons in Erinnerung behalten hatte. Dann zahlte er und machte sich schwerfüßig wieder auf den Weg zur Elbbrücke. In der Unterführung waren keine Skater mehr. »Und suche uns nicht in der Unterführung ...« kicherte er vor sich hin.

Dieser angebliche Baron war natürlich ein Bote gewesen, ein Bote von Gewicht, und er, Ole, hatte die Botschaft vollkommen verstanden. Er fühlte sich düpiert, aber auch erkannt und zu etwas Besonderem ernannt. Ab jetzt würde er Menschen in Versuchung führen, alle Freundschaft durch Komplizenschaft ersetzen, überhaupt das, was er soeben aufgeschrieben hatte, zur Maxime erheben. Und damit ein – o ja! – nicht ganz unbedeutender Unterteufel werden, zumindest auf Probe. Er fröstelte und kicherte – das kannte er von aller frischen Besoffenheit, und ihm war recht wohl dabei. »*Den Teufel merkt das Völkchen nie* ...« zitierte er, grinste und sah sich nach Beute um. Freute sich jetzt schon auf das dumme Gesicht all der Freunde, die es bisher geschafft hatten, ihn über allerlei Schuldgefühle zu regieren und auszunutzen. Durchbrechen der Tauschstruktur, die Bande abservieren! Der alten Heuchelei der Christen (»Nächstenliebe«) die Wahrheit entgegensetzen: Jeder Freund war eine Gefahr und damit ein Feind. Weg damit also! Auf die fromme Heuchelei der Demokraten (»Es kommt auf jeden einzelnen an«) mit der einzig richtigen Strategie antworten: mitheucheln, aber mit innerem Grinsen! Von Menschenrecht und von »Mitbürgerinnen und Mitbürgern« reden, in Wahrheit aber das Viehische entfesseln, so wird man reich, vor allem mächtig. Die Weiber laufen dir nach, sie sind die ersten, die es tun, weil sie die Witterung für Sieger haben. Nicht durch Aufbau, sondern durch Entfesselung entstehen Imperien. Begehren, Zerstören, mehr Macht, mehr Geld, das ist die richtige Reihenfolge, das wird auch mein Weg sein. Ab jetzt ist die Welt nur noch, was mein Fall ist. Seele, willst du mehr? Verstand, tu, was du sollst!

Ole war jetzt so betrunken, daß er alles ganz klar sah, ja, hier von der Elbbrücke aus, warum nicht? Blickte zum Himmel hinauf, sah die Sterne blinken, sah die im Licht der Scheinwerfer und Lampen aufblitzenden Insekten, erinnerte sich abermals an Faust II: »*Die Psyche mit den Flü-*

geln, die rupft ihr aus, so ist's ein garstger Wurm.« Sterne und Nachtfalter tanzten im Licht und tanzten sich zu Tode, unwichtig, in welcher Zeit. *Carpe diem*, ja, aber ohne alles Höhere! Wenn schon falsch leben, dann richtig und nicht für irgendwelche Pflichten! Ole sah das glückliche, barbarische Leben vor sich, das er schon für unmöglich gehalten hatte. »Ich weiß über mich nicht alles, das ist meine Chance«, murmelte er. Ein Satz, irgendwoher zugeflogen, im Kopf hängengeblieben, plötzlich verfügbar und teuflisch verständlich.

Zuerst einmal schlafen! Vor Angstträumen fürchtete er sich nicht mehr. Was ihn bisher im Traum zerbissen und zerfleischt hatte, waren Reste idiotischer Schuldgefühle gewesen. Denen gab er einen Fußtritt, sie trieben im Müllsack die Elbe hinunter. Er aber erreichte sein Hotel – schon das eine Teufelsgnade bei solcher Trunkenheit – als neuer Mensch. Was er jetzt gern zu sich genommen hätte, war eine scharfe, dampfende Firstclass-Soljanka, aber es war schon gegen drei.

*

Mein vorläufiges Ziel ist Schwerin, ich weiß nicht warum, ich kenne die Stadt nicht, vermute dort aber eine versunkene Welt und Schätze, die zu heben wären. Ich schleppe und rolle mein Gepäck zum Bahnhof. Vorfreude aufs Fahren. Heute will ich reisen wie damals: genau den Zug besteigen, der als nächster den Bahnhof verläßt, egal wohin. Wenn es einer nach Schwerin ist, glaube ich nicht mehr an Zufälle.

Dresden gefällt mir trotz des schwärzlichen Kerns und einer Epidemie grünvioletter Trainingsanzüge, denn es beherbergt viel junges Volk. Dresden ist im Begriff, so etwas zu werden wie Köln: voll von fröhlichen Burschen, die mit Skateboards und bunten Knieschützern in Unterführungen herumbrettern und Passanten erschrekken.

Meine Uhr geht wieder, aber, weil ich sie nur aufgezogen und noch nicht wieder gestellt habe, entsprechend falsch. Ich studiere die Tafel für Abfahrten. Der nächste Zug fährt nach Westen. Westen muß ja nicht »der« Westen sein. Leipzig, Jena, Weimar, Ohrdruf, insbesondere Ohrdruf, versteht sich.

In einiger Entfernung sucht ein junger Russe Antwort auf eine Frage. Einige Deutsche, Studenten, können Russisch und geben ihm Bescheid. Er antwortet mit »okay, spassiba!«. Man lacht zusammen und redet auf russisch über das Wort »okay«. Fazit auf deutsch und russisch: »No problem!« Ich entscheide mich für den Westzug. Auf dem Bahnsteig klingelt, irgendwo in einem der Gepäckstücke, ein Handy. Alle horchen ihre Taschen und Koffer ab, um herauszufinden, ob es sich um ihr Gerät handelt – fast alle Handys klingen gleich. Fündig wird schließlich ein Dresdner Gerüstbauer, und alle Ohrenzeugen begreifen rasch, worum es bei dem Anruf geht: Da ist was schiefgelaufen, da ist was umgestürzt, es droht ein Prozeß. »Take it easy«, ermuntert ihn einer der Zuhörer. »No problem«, antwortet der Gerüstbauer, »kein Thema!«

Jetzt in die erste Klasse, solange ich nicht umfalle, ich muß schlafen! Die Nacht über habe ich geschrieben, gegen Morgen war ich zu aufgekratzt. Dialogschreiben ist Vergnügen wie Trinken.

Ich kann mich nicht aufraffen, abermals Judith anzurufen – zu müde. Sie wird sich bereits um mich sorgen.

Le Visions elf böse Ratschläge scheinen mir, nüchtern betrachtet, antiquiert. Sie erinnern mich an meine Anfänge im Beraterberuf. Jeden dieser Ratschläge habe ich ab und zu befolgt, freilich nicht jederzeit alle zusammen – Bosheit sollte nicht zur Fleißarbeit werden. Ist Faust etwa jemand, der sich anstrengen will? Er will viel erfahren, mit Neuem glänzen – harte Arbeit ist nicht unbedingt sein Traum, es sei denn, andere arbeiten für ihn. Wichtiger sind ihm Jugendlichkeit und die damit verbundenen guten

Nerven. Alle Neuerung beginnt mit Frechheit an der Grenze zur Scharlatanerie. Sie ist nichts für nervöse ältere Herren. Muß wieder an dieses Optionsschein-Festival denken, dessen Namen ich vergessen habe. Hoffentlich finde ich ein Thema, über das ich festlich-einleitend tönen kann.

Mein Baron war kein Teufel und kein Baron: Sosehr er sich anstrengte, ein Stinkstiefel auf Rädern zu sein, der Kerl roch nach Pädagogik. Er suchte überdies mit Wissen zu beeindrucken, aber seine Story über Kügelgens Tod war, wie ich bestens weiß, reine Erfindung.

An einem Teufel, der Leuten wie mir Neues bieten könnte, muß noch gearbeitet werden – mit dem älteren war ich längst im Bunde. Und wenn ich ihn wirklich treffen soll, muß die Umgebung stimmen. Ein Kreuzweg in finsterer Gegend! Blick in die Karte: Eine große Schienenkreuzung müßte es sein, aber nicht unbedingt eine große Stadt. Es kommen in Frage: Doberlug-Kirchhain, Falkenberg und Bebra. Ich entscheide mich für Bebra.

In einem Punkt hat mein Baron recht. Ich will manchmal von Judith weg, um wieder Raubtier zu sein. Was tue ich aber: Ich umkreise sie wie ein Satellit, bleibe in ihrem Kraftfeld. Kann nicht von ihr weg, weil ich sie brauche, kann nicht mit ihr leben, weil ich zum Freßsack und Trinker und

Fernsehzuschauer werde, um die Idylle auszuhalten. Wenn ich dann doch einmal gegen sie rase (auf Umwegen, indem ich gegen mich und Gott rase), dann weint sie und sagt: »Mir graut vor dir!«

Sonnenglast und prangende Obstbäume. Die Häuser haben wieder Farbe, und das genügt ja. Der Osten ist dabei, hübsch zu werden, ein noch nicht versauter Westen. Die Stadt Riesa wird vom Zug extrem langsam durchfahren, ich frage mich, warum. Bin furchtbar müde. Dennoch oder gerade deshalb beginnen erotische Phantasien mich heimzusuchen. Mein Mittel zur Ablenkung: Gedächtnisübungen. Was war gestern, was vorgestern? Was an den gleichen Tagen im vorigen Jahr?

Ich will vermutlich gar kein süßes Leben, sondern nur das Privileg, erster Klasse zur Hölle zu fahren.

*

Das letzte, was ich vor dem Einschlafen sah, war ein riesiges Feld von Königskerzen. In Eisenach hochgeschreckt, wuchtete ich gerade noch das Gepäck ins Freie, denn für Bebra mußte ich umsteigen. Erst jetzt, im neuen Zug, werde ich so recht wach. Der satte Nachmittag erfüllt mich mit dreisten Hoffnungen. Ich bin ein schlechter

Mensch, jetzt muß ich weitergehen und zu einem bösen werden. Hätte meine Seele genügend Wert, um beim Teufel gegen eine kurze, aber tolle Zeit eingetauscht zu werden? Und wenn diese vorbei ist – wie wird er mich holen? Erster Gedanke: Liebestod.

Bebra. Ich rolle den Koffer durch den Ort bis zu einem Gasthaus. Die Landschaft ringsum heißt »Waldhessen«. Als ich den Hahn der Dusche aufdrehe, klingt ihr Rauschen wie ein muslimischer Gebetsruf – so etwas habe ich bisher in keinem Hotel erlebt. Als ich den Hahn abstelle, geht der Gesang weiter, er kommt aus dem gegenüberliegenden Haus mit dem Obstladen. Eben setzen auch Kirchenglocken ein, vermutlich, um den Orient in die Schranken zu weisen.

Rundgang. Auf der Sonnenuhr der evangelischen Kirche lese ich die melancholische Behauptung: »Fugit irreparabile tempus« – »Unwiederbringlich entschwindet die Zeit«. Ein Schild zeigt die Richtung zur »Biberkampfbahn«. Ich mache mich dorthin auf den Weg. Außer den Beinen gibt es innerhalb der Stadt noch folgende Fortbewegungsmittel: Autos mit meist offenen Fenstern, aus denen die wuchtigen Schläge einer elektronisch gefertigten Musik dröhnen – so müssen flußaufwärts stampfende Dampfboote geklungen haben. Zweitens Traktoren mit oder ohne angekoppelte Erntemaschinen. Schwungvoll fährt man mit ihnen zum Einkaufen.

Auf der »Biberkampfbahn«, einem Sportplatz wie andere auch, erfahre ich, daß der Biber das Wappentier der Stadt ist. Bebra hieß ursprünglich »Biberau«. Es kommt also nicht zum öffentlichen Kräftemessen zwischen den starken Nagern auf der Kampfbahn. Bebra ist ein vielversprechender Schienen-Kreuzweg (das Bahnhofsgelände scheint mir so groß wie die ganze Stadt), lädt aber kaum zu Teufelsphantasien ein. Es gibt hier ein Lebensmittel- und Feinkostgeschäft »Wasserma«, dessen seltsamer Name sich dem ehrwürdigen Abbröckeln zweier Endbuchstaben verdankt. Ferner eine türkische »Pizzaria« mit zwei »a«, die ich aufsuche. Mein Blick fällt auf abertausend Spiegelscherben, mit denen man die Wände beklebt hat. Ich sehe die eigenen Augen von überall her auf mich gerichtet, mal das rechte, mal das linke, in keinem Fall mit Sympathie. Vertiefe mich, um dem zu entgehen, in ein liegengebliebenes Tagungsprogramm, lese »Menschenmaterial« statt »Managementideal«. So, und jetzt fällt mir der Name des Kongresses in Frankfurt ein, auf dem ich reden muß: »Finanzmarkt kreativ«. Einen doppelten Grappa noch, bitte.

Nach der Pizza ins Kino: »Mission impossible«, sehr hektisch und laut. Es gibt nur wenige Schauspieler, die so meisterhaft wie Tom Cruise vortäuschen können, daß in ihrem Kopf etwas vorginge. Danach will ich ins Hotel, um den Morgen herbeizuschreiben, vorher aber erotische Selbstbedienung, sie wird unumgänglich – meine Phantasien bekommen bereits etwas standardisiert Gewalttätiges. Auf dem Weg höre ich eine junge Frau mehrmals hintereinander rufen: »Ich hasse Deutschland!« und »Das darf doch nicht wahr sein!« Da sie in ihrer offensichtlichen Seelenqual einen Zickzackkurs hinlegt und immer wieder die Straßenseite wechselt, kreuzen sich unsere Wege mehrmals.

»Also, was ist denn jetzt mit Deutschland?« frage ich und registriere, daß sie einen Pferdeschwanz und hübsche Ohren hat.

»Kein Mensch hilft, kein Mensch! Ich hasse...«

»Das sagten Sie, ja. Welche Hilfe brauchen Sie denn?«

»Mein Freund liegt im Krankenhaus in Rotenburg, und niemand will mich hinfahren.«

»Rothenburg ob der Tauber?«

»Rotenburg an der Fulda. Sieben Kilometer weit.«

»Versuchen Sie's mit einem Taxi.«

»Die Taxifahrer sind die schlimmsten, ohne Geld tun sie nichts! Scheißdeutschland!«

»Gewiß. Wieviel Geld haben Sie denn?«

»Vier Mark. Die wollen zwanzig!«

Ich überlege, was zu tun ist. Gerade heute wollte ich kein guter Mensch sein. Ich ziehe die Brieftasche heraus, sehe aber keinen Zwanziger, sondern größere Scheine. Ich könnte ihr auch fünfzig geben, gerade noch rechtzeitig springt mich der Geiz an. Ich verwerfe den Gedanken, der Frau Geld zu schenken: Es paßt mir nicht, basta. Und dann zögere ich doch wieder.

*

In geringer Entfernung stand ein Taxi mit laufendem Motor, der Fahrer war in die Kneipe gegangen, und Ole Reuter sah durchs Fenster, wie er mit einem stark schwankenden Mann diskutierte. Dieser hatte den Wagen zwar bestellt, wollte aber nun doch noch einen zur Brust nehmen und bot auch dem Fahrer etwas an. Das Taxi war ein alter Diesel, den Ole gut kannte. Wer ein Auto entführen will, muß vor allem wissen, wie die Handbremse zu lösen ist.

»Steig ein«, sagte er zu der jungen Frau, »dort steht mein Wagen. Und schlag die Tür erst zu, wenn ich hinterm Steuer bin! Ich komme sofort.« Sie sagte keine Silbe und gehorchte. Als Ole in die Hauptstraße einbog, hörte er hinter sich einen Schrei, er gab Vollgas. In der Türtasche erspähte er eine Neun-Millimeter-Walther, das eröffnete böseste Möglichkeiten, er lachte vergnügt.

»Ich heiße Ole. Ole Reuter Und du?«

Sie trug einen schönen, äußerst seltenen Namen: Margot Wasserma.

»Was ist denn mit deinem Freund?«

»Kreiskrankenhaus, Kopfverletzung«, sagte Margot. »Mit dem Motorrad die Böschung runtergestürzt, irgendein Idiot hat schuld, ich werde es ja noch hören.«

»Wo geht es denn eigentlich nach Rotenburg?«

»Wieso machst du das? Als Mutprobe? Ich möchte mal jemanden erleben, der einfach hilft, ohne daß er dafür bewundert werden will.«

»Ich helfe nie, ich bin der Baron Le Vision. Beruf: *advocatus diaboli.*«

»Kann man damit was verdienen?«

Wenn eine Frau, die sich Sorgen macht und eine zu große Strickjacke trägt, hübsch sein kann, war sie es.

Ole steuerte, noch in der Stadt, eine lange Straße abwärts auf eine Ampel zu, die eben von Grün zu Gelb wechselte. Hinter ihr gabelte sich die Straße: Scharf links ging es nach Rotenburg, rechts in einen Tunnel. Jetzt war die Ampel rot. Aus der Tunnelröhre strömten Autos, die in die Bebraer City wollten.

»Verdienen? Ja, die Hölle. Aber vorher lebt sich's. Ich habe so etwas an mir«, sagte Ole, »eine Sekundenkraft! Sicherheit im richtigen Moment.

Nerven wie Drahtseile. Auftreten, Vollstrecken! Der eine hat's, der andere nicht.«

Er ignorierte die rote Ampel und fuhr in den Fahrzeugstrom, der aus dem Tunnel kam, einfach hinein. »Ich bin eine Art Terrorist. Nicht politisch, das ist mir zu albern. Sondern nervlich. Siehst du, wie schön alle stehenbleiben? Ja, ja, hupe nur! Wer hupt, hat schon verloren.«

»Du willst total böse sein, das ist dein Ding, ja? Was hast du denn mit mir vor?!«

»Neugierig?«

»Nee. Ich habe ja meinen Freund. Außerdem stelle ich mir Terroristen jünger und, hm, schlanker vor.«

Ole war durch die Kette der entsetzt bremsenden Autos unbeschädigt hindurchgekommen und raste auf ein Fachwerkhaus zu, vor dem es wieder scharf nach rechts ging. »Ich brauche einfach Streß. Das macht das viele Testosteron. – Rotenburg, was ist das für eine Stadt?«

»Liegt am Fluß. Überschwemmung letztes Jahr im Winter. Die Heizungskeller soffen ab, und kein Licht wegen Kurzschluß. Der Bäcker konnte nicht mal Brot backen. Und sonst, na ja … es ist die ›campingwagenfreundlichste‹ Stadt in Deutschland, da gibt's 'ne Urkunde. Zwei Krankenhäuser liegen sich gegenüber wie Ritterburgen – Kreiskrankenhaus und Herzklinik.«

»Und das Menschenmaterial?«

»Davon ist mir nichts bekannt. Das Kreiskrankenhaus liegt am Kratzberg, wir müssen von der Borngasse abbiegen. Ich sage Bescheid.«

»Ich habe viel zu lange studiert, wie ich es schaffe, geliebt zu werden«, sagte Ole, »oder wenigstens beliebt zu sein. Frei ist man aber nur, wenn man keine Liebe braucht. Dazu muß man einen Pakt schließen ...«

»Ich glaube, du brauchst jemanden, der dich mal reden läßt, Advokat!«

»Die einen haben ein Urteil, die anderen nicht. Ich kann dir sagen, warum.«

»Warum?«

»Nur der Teufel bringt Klarheit. Voraussetzung ist ein Vertrag mit ihm! Der Teufel macht uns fähig, zu sagen, was uns gefällt und was nicht. Liebe und Verständnis sind Urteilskiller. Ist das Rotenburg?«

»Nein, ein Vorort. Ich hab doch gesagt, am Fluß. Was ist mit der Taxe, die müssen wir doch wohl loswerden!«

»Jetzt seh' ich's. Liegt ganz nett. Industrie?«

»Na ja, Herzklinik und Bundeswehr.«

»Habt ihr Arbeit, dein Freund und du?«

»Ich bin MTA, er ist Lackierer, aber rausgeflogen. Alkohol. Das war aber nur, weil seine Mutter gestorben ist. Mit mir hatte er auch Probleme. Konnt' ich aber nix machen, ich war im Streß ...«

»MTA, was ist das?«

»Arzthelferin.«

»Beneidest du reiche Leute?«

»Klar. Jetzt nach links und über die Brücke.«

»Laß es bleiben, werde selber reich. Neid verkürzt nur die Denkwege. Er ist zwar auch böse, läuft aber allem nur hinterher.«

»Leitest du irgendwelche Kurse für Manager? Halt, halt, geradeaus! Nicht in die Stadt rein!«

»Kurse? Nein. Ich bin reich. Auf Kosten anderer, versteht sich. Keinerlei Tötungshemmung. Man sagt, es gebe kein perfektes Verbrechen, da kann ich nur lachen!«

»Du mußt etwas eingenommen haben, oder du bist irgendwo ausgebrochen – hier kannst du mich rauslassen, ich gehe den Rest zu Fuß!«

»Blödsinn! Ich komme mit!«

Daß er die Nacht mit der jungen Frau verbringen würde, hielt er für selbstverständlich. Ihr Freund, den sie liebte und für den sie jetzt ganz da sein wollte, lag im Krankenhaus. Entsprechend heftig war Oles Wunsch, sie genau heute nacht zu verführen.

»Hier ist es ja schon!« rief die junge Frau, »danke und viel Spaß noch!«

Ole ärgerte sich, weil er genau in diesem Moment wegen eines vor ihm haltenden Wagens abbremsen mußte. Sie öffnete buchstäblich im Fahren die Tür und sprang hinaus.

Ole fuhr in die Zufahrt zum Krankenhaus hinein, um doch noch einmal mit ihr zu sprechen, notfalls sogar ihr und ihrem Freund Hilfe anzubieten – manchmal ist Gutsein einer bösen Absicht nützlich. Aber er verlor sie aus den Augen, denn plötzlich waren zwei Taxis da und keilten ihn von vorn und hinten ein, mitten auf der Steilstraße. Die Fahrer versuchten ihn aus dem Wagen zu zerren und brüllten ihn an, schlugen ihm ins Gesicht. Unglaublich, dachte Ole, was der Pöbel sich heute erlaubt.

»Also gut, ich übernehme die Verantwortung«, rief Ole Reuter, »komme auch für den Schaden auf! Ich kann euch alles erklären!« So ließen sie ihn aussteigen, und als er sich ihnen zuwandte, hatte er die Pistole in der Hand. Warum eigentlich nicht schießen, er wollte auch diese Hemmung loswerden, und bei derartigen Rüpeln fiel ihm das Üben leicht. Er lud durch und entsicherte. »Glaubt mir, Jungs, es ist nichts Persönliches«, sagte er und gab sehr konzentriert zwei Schüsse ab. Dann ging er zum hinteren Fahrzeug, dessen Zündschlüssel steckte, stieg ein, wendete und fuhr davon. Nach Bebra zurückzufahren schien ihm riskant, er durchquerte also nur Rotenburg, verließ dann die große Straße und fuhr auf waldhessischen Nebenwegen herum, um das Auto loszuwerden. Schließlich schob er es, mit weit geöffneten Fenstern, damit es schneller absoff, in einen abgelegenen Teich und ging zu Fuß weiter. Auf dem Parkplatz eines Hüttendörfchens für Feriengäste, gelegen oberhalb einer Ortschaft namens Machtlos, fand er einen unverschlossenen Kleinwagen, verband die richtigen Drähte miteinander, rollte ohne Motorkraft davon und brachte bei Machtlos den Motor in Gang. In Bebra angekommen, stellte er das Auto vors Biber-Kino-Center (»Mission impossible«) und wanderte durch die menschenleeren Straßen gutgelaunt zum Hotel. Für den kaum wahrscheinlichen Fall seiner Verhaftung wählte er schmunzelnd die Formulierung: »Kompliment, meine Herren! Dies wird ein großer Tag für meine Anwälte!« Während er ihn noch vor sich hin flüsterte, tauchte rechts hinter ihm ein Schatten auf, links ein zweiter, und dann hatte er plötzlich eine Drahtschlinge um den Hals. Das letzte, worüber er nachzudenken hatte, war ein teleskopartig verlängerbarer Metallstock mit rundem, schwerem Köpfchen – eine Art Faust am Stiel. Er hörte einen Knall im Schädel, erlebte grellfarbige Lichteffekte, danach nichts mehr.

*

Daran schrieb ich die ganze Nacht. Immerhin: keine Träume. Müde bin ich wie der Tod. Auch verständnislos wie der Tod. Meine Wunschträume laufen, sobald ich sie aufschreibe, auf ein gewaltsames Ende zu. Ich soll mich offenbar aus der Welt schaffen.

Das Kursbuch her! Welches ist der nächste Zug? 11.15 Uhr, der IR-2983. Und wo liegt Oberstdorf?

*

Barampola an Quardokus

Es geht nun neunzig Stunden. So, wie Reuter es bisher probiert, kommt er an seinen Teufel nicht heran. Nur wer Böses tut, macht den Bösen neugierig, nicht, wer Geschichten ausdenkt, in denen Böses nur vorkommt. Etwa wer in einer erlogenen Geschichte Autos stiehlt oder Zufallsbekanntschaften über den Haufen schießt. Oder wer sich selbst als Teufel phantasiert. Reuter befolgt die sicherste Methode, in Richtung Entscheidung keinen Zentimeter voranzukommen. Solange er nicht ernstlich daran glaubt, daß die Welt vom Teufel regiert wird, geht es mit ihm auch auf diesem Weg nicht weiter. Dem, der sich aus Laune und Selbstmitleid unter heiterem Himmel zum schlechten Benehmen entschließt, spendet das Böse keinen Fortschritt, es macht ihn zum Narren.

Reuter hat seine Schreibtischtat, als Teufel aufzutreten, durch seine Ermordung von der Hand anderer Wichte beendet. Eine Art Hinrichtung. Er nähert sich immerhin der Erkenntnis, daß großsprecherische Behauptungen kein Pakt sind.

Wie er übrigens am Abend eines Augusttages, bei immer noch 25 Grad Celsius, junge Frauen in dicke Strickjacken stecken kann, ist mir unerfindlich. Der Ausflug nach Rotenburg hätte erfolgreich werden können, wenn ich in Person erschienen wäre. Aber so sehr ich hin und wieder die Frauenrolle schätze – in einer Strickjacke trete ich nicht auf.

*

Bin unendlich müde. Leider läßt sich weder in den ICEs noch den ICs, noch in diesem Interregio schlafen. Man rutscht ab, wo man sich früher aufstützte, kauert verklemmt, wo man sich einst lang machte. Die ICEs sind fast so unbequem wie Flugzeuge. Deshalb ist es auch gut, daß sie so schnell sind: Man kann nach relativ kurzer Leidenszeit wieder heraus. Reisen wird abgeschafft. Für Ausflüge ins Land eignen sich nur noch Museumszüge, Binnenschiffe oder ein geräumiges Auto mit Bordbar und einem phlegmatischen Chauffeur. Ich trinke zwei Kännchen schwarzen

Kaffee. Die Uhr rüttelt, sie genießt es wohl, von mir alle naselang aufgezogen und gestellt zu werden. Ein Kindkobold, ein Pumuckel. Ich klappe das Tischchen herunter und schreibe etwas über den Teufel.

*

Jede Minute wird auf Erden millionenfach der Ruf nach dem Teufel laut. Allein in diesem Zug senden wenigstens zwei Dutzend Personen einschlägige Signale aus oder sind im Begriff, es zu tun oder verdienen jedenfalls einer deutlich bösen Zukunft wegen teuflische Beachtung. Ein hoher Prozentsatz davon dürfte sich im Speisewagen oder in der ersten Klasse befinden, weshalb der Teufel dort gern Quartier nimmt. Ruft ein Mensch in Form von bösen Wünschen und Phantasien nach ihm, so erreichen diese Schwingungen seine äußerst sensible Uhr und bringen sie zu deutlichem Vibrieren. Mit etwas Konzentration kann er Vorgänge im Gehirn der so aufgespürten Person verfolgen. Im Zug von Hamburg nach Oberstdorf ist der Teufel ein in Bebra zugestiegener dicker und großer Mann, der die Tagträume der hier versammelten Teufelsbraten überwacht.

Da ist ein Reiseunternehmer aus dem Allgäu, verheiratet mit einer baltischen Nymphomanin, der er im Bett nicht entfernt genügen kann. Ein zwanghafter, sich selbst überfordernder Frauengründer. Verliebt sich laufend in Triebnaturen und schickt sie dann auf den zweiten Bildungsweg. Hier wären ein Vertrag und der Griff in den höllischen Erste-Hilfe-Kasten denkbar. Aber es sind noch weitere Stimmen zu hören. Eine gehört einer jungen, nun ja, jung aussehenden Frau aus dem balkanischen Kriegsgebiet, sie steht schon zum Aussteigen im Gang, zur Zeit Bordellbesitzerin in Frankfurt und zum Mord entschlossen. Es ist das klassische Angebot! Sie ist die einzige, die von einer ermordeten Familie noch übrig ist. Sie hat, mehrfach vergewaltigt, das Massaker knapp überlebt und wird die Gesichter ihrer Peiniger nie vergessen. Sobald diese sie für tot hielten und abzogen, versuchte sie sich aufzurichten. Im Knien legte sie Rouge auf, schwor, für den Rest ihres Lebens nach den Mördern zu suchen und sie einen nach dem anderen langsam zu zerstückeln. Zur Vorbereitung wurde sie fürs erste so rasch wie möglich reich – Geld mordet zuverlässiger. Eine großgewachsene, elegante Dame mit kaltem Blick, aber ob sie die Nerven behalten wird, wenn sie den Schindern begegnet, weiß sie nicht. Alle sind in Deutschland, sie kann ihnen jeden Tag begegnen. Schon der Nerven halber wäre sie gern mit dem Teufel im Bunde, »falls es ihn gibt« (die Formel weiß er zu schätzen, sie verrät den Wunsch und auch schon etwas Glauben).

Da er auch die Mörder und deren Aufenthaltsorte kennt, weiß er, daß die Frau noch Zeit hat; er bleibt im Zug und wendet sich einem Theaterkritiker aus München zu, der um jeden Preis wichtiger und berühmter, sogar reicher werden will als alle von ihm kritisierten Dramatiker und Regisseure. Ihn kennt der Teufel deshalb so gut, weil ein berühmter Autor ihn vor etwa zwanzig Jahren, nach dem Totalverriß seines Schneelawinenstücks »Unter Verschütteten«, erschießen wollte. Das will der Mann immer noch, er hat das für Schriftsteller typische Elefantengedächtnis. Geschichten bleiben ihm gegenwärtig und wollen zu Ende erzählt werden, handle es sich nun um vor vierzig Jahren unterbrochene Liebesgeschichten oder um zwanzig Jahre alte Racheschwüre. Schade, daß er nicht mit im Zug ist, denkt der füllige Teufel mit den Hosenträgern, obwohl – in diesem Fall müßte er für eine Waffe sorgen. Man kann in den Speisewagen der Fernzüge nicht mehr, wie früher, Fenster öffnen und Rezensenten hinauswerfen.

Der Kontrollgang geht weiter. Da ist ein guter Mensch, Holzhändler aus dem Erzgebirge, der sich die Verlängerung seines Kredits verscherzte, weil man im Konferenzzimmer der Bank eine geschlagene Stunde auf ihn warten mußte – er trägt eine Uhr aus dem Warenhaus. Seine Villa, seine Pferde sind jetzt Besitz der Bank, seine Frau geht eigene Wege, und er sitzt in der zweiten Klasse und ruft nach dem Teufel. Dieser stellt vergnügt fest: Der Mann ist verzweifelt genug, um eine Bank zu überfallen, am liebsten die oben erwähnte.

Der Teufel ist ein nie nachlassender, spinnengleicher Betrachter und Behorcher seines Netzes, kennt die Obertöne des Lügenden, die Vibrationen der Sexbesessenheit, den flatternden Atem der Raschheit und der Kleptomanie, den Lidschlag des Langsamen, bevor dessen sorgfältig angelegte Fallen zuschnappen, hört die knackenden Halswirbel der Geizigen, den Speichelfluß der Neidischen, den Pulsschlag der Sadisten, die Verdauungsgeräusche von Trunksucht und Völlerei, spürt den Schädeldruck der Selbstüberschätzung. Alle Kandidaten brauchen seine Hilfe, wollen stark genug sein, um etwas zu zerstören. Der Kontinent des Bösen besteht ja keineswegs nur aus moralfernen Personen. Nach illegitimen Handlungshilfen sehnen sich auch Gute, oder sie wollen ihre reine Seele opfern für einen guten Zweck, sprechen dann düster blickend von Verantwortung und Arbeitsplätzen. Doch nichts fällt dem Teufel in den Schoß. Der Normalzustand des Menschen ist friedlich und vernünftig, weil er Anstrengungen nicht liebt. Darum müssen immer neue Situationen geschaffen werden, denen Friedlichkeit und Vernunft nicht gewachsen sind.

Jetzt stößt der herumwandernde Teufel auf einen nicht unbekannten Sachbuchautor – er selbst nennt sich »Strategieberater« oder »Consultant« –, der in Bebra zugestiegen ist und mit dem Älterwerden hadert. Er meint, Sinn und Genuß des Lebens nicht mehr zu finden. Im übrigen hat er vor vierzehn Tagen mit einer, wie er argwöhnt, Heroinabhängigen geschlafen und fürchtet, sich mit HIV angesteckt zu haben (er gibt die Schuld dem Kondom, trägt sie aber selbst: er kann mit Kondomen nicht umgehen; wie 1976, als ebenfalls die Folgen nicht ausblieben). Da die Tests frühestens nach sechs Wochen Brauchbares aussagen und er seiner Frau das Malheur nicht eingestehen will, reist er unter allerhand Vorwänden vier Wochen lang mit der Bahn durch Deutschland. Aber das ist noch nicht der Hauptgrund: Daß er seine Tochter in den Tod getrieben hat (wie er glaubt), das zerfleischt ihn wirklich, obwohl er versucht, wenig daran zu denken. Will sich »in seines Nichts durchbohrendem Gefühle« von seiner Frau trennen, schafft es nicht. Kreist per Eisenbahn immerfort um Berlin. Fürchtet sich vor Alpträumen sehr, aber sie können ihm nicht erspart bleiben. Tags phantasiert er trotz Übermüdung eine schöne junge Frau, mit der er im Auto unterwegs sei, wohlbemerkt in einem von ihm gestohlenen Auto; sie trägt übrigens eine zu dicke Strickjacke und schwitzt. Er bringt sie zu ihrem Freund, einem eben eingelieferten Infarktpatienten, ins Herzzentrum Rotenburg an der Fulda. Ihr Freund, phantasiert er, ist ein arabischer Potentat, vor dessen Augen er, nach kaltblütiger Überwältigung der Leibwache, die junge Frau mißbrauchen will. Durch den so ausgelösten weiteren Infarkt und Tod des Scheichs kommt rasch Bewegung in den Ölmarkt, wodurch sich wiederum das Wertpapiergeschäft, das Wertpapiergeschäft ... jetzt ist der Kerl eingeschlafen.

Der Teufel gähnt. In Wirklichkeit hat der Dicke der jungen Frau gestern einen Moment lang einen Geldschein geben wollen, dies aber dann nicht getan, sondern sich mit ihr in ein Taxi gezwängt, angeblich weil er auch selbst gerade nach Rotenburg müsse. Sonst war nichts. Er saß in einer Weinstube und ließ sich vom Wirt von der Überschwemmung des letzten Jahres berichten. Danach nun heute ein Hirn voll von erotischem Gestöhne. Im Moment wacht er wieder auf, interessiert sich plötzlich dafür, wer außer ihm sonst noch in der ersten Klasse sitzt, steht auf, prüft Gesichter, wandert zum Speisewagen und stellt sich vor, er wäre der Teufel, ein dicker Teufel mit Stirnglatze und Hosenträgern. Unverschämtheit.

*

Zu Ende geschrieben in einem Gasthof zu Oberstdorf. All das ein Holzweg: Ich kann böse sein und ein Schweinehund, aber nicht »das« oder »der« Böse. Fall erledigt! Wie ist das, wenn man vom übermäßigen Gähnen eine Maulsperre bekommt? Man kann nicht mehr sprechen, muß mit offenem Mund zum Arzt... Ich steige in den Zug nach Hamburg. In der Bahn träume ich wohl auch nachts nicht. Hoffentlich... Jetzt muß und werde ich schlafen, egal in welcher Position.

*

Barampola an Quardokus

Hundertste Stunde. Er hat jetzt, weil er der eigenen Person immer schmerzlicher ausgesetzt ist, auch Angst vor dem Denken, schreibt mithin eifriger denn je. Mit dem Reden ist es nichts, er hat versäumt, neue Batterien für sein Hörgerät zu besorgen. Schlafen wird er nur noch im Zug. Jetzt lasse ich ihn hundert Stunden lang durch eine Wüste taumeln, bis er Wirkliches und Erfundenes, Ich und Er, Tag und Nacht nicht mehr auseinanderhalten kann. Dies ist dann der Zeitpunkt, um seinem Gehirn die entscheidenden *imagines agentes* zu verpassen. Danke für Deinen Rat, er entspricht ganz meinen eigenen Vorstellungen. Ich werde der klassischen Methode nur soweit folgen, bis die Struktur dem Klienten hinreichend klar ist. Das genügt, um ihn in Bewegung zu setzen, und erspart uns viel Gestank und Chorgesang.

Viertes Kapitel

Durch die Wüste

Seit drei Tagen schreibe ich Fragen auf, Zufallsfragen, sonst nichts. Sind Wildwechsel eine Gefahr für die Bahn, oder die Bahn für die Rehe, und wenn nein, warum nicht? Warum verabscheuen wir die Dummheit? Was verdoppelt sich beim »Dopplereffekt«? Dazu legasthenische Fundstücke wie »Durchlaucht« statt »Druckluft«.

Ein Pornofilm in Hamburg nahm mir den Rest meines Glaubens an den menschlichen Dialog. Enteilte gramgebeugt wie stets. Wieso gehe ich immer noch hin? Schlechtes Gedächtnis.

Einzelne Städte könnte ich nennen, die Namen der Hotels nicht mehr. Schlief tagsüber, auch im Zug, versuchte es jedenfalls. Habe vor, mich wieder auf die Nacht umzustellen – vielleicht sind die Raubtiere inzwischen ruhiger. War zu müde oder litt zu große Schmerzen, um mein altes Eisenbahn-Roulette zu genießen (»Der nächste Zug ist meiner!«). Wollte meistens nicht dorthin, wo der Zug hinfuhr, nicht einmal in die Richtung. Stand halbe Stunden lang unschlüssig vor Fahrplänen.

Hemden und Unterwäsche wusch ich in – ? Weg!

Restaurants. Es gibt keine Oberkellner mehr, nur levantinische Arbeiterdenkmäler, die dir mit großer Selbstverständlichkeit eine brennende Kerze unter die Nase stellen, damit du die Zeitung besser anzünden kannst. Danach wandern sie zwischen den Tischen auf und ab und zählen dir die Bissen in den Mund – außer bei Fußballübertragungen, dann mußt du hingehen und sie schütteln. Alternative: das Lokal über Handy anrufen. Sonderwünsche verstehen sie nicht, entsorgen aber sehr aufmerksam deine erst halb gerauchte Dreißig-Mark-Zigarre. Auf Proteste hin grinsen sie von einem Ohr zum anderen und halten dich für einen witzigen Burschen.

Kann dem Essen nichts mehr abgewinnen. Unglaublich, was ich in mich hineingeschaufelt habe, solange ich mich nicht davor ekelte. Da ich unterwegs bin, um in einen anderen Zustand zu geraten (was sonst?), läge ein Hungerdelirium nahe. Man soll davon euphorisch werden. Bisher sieht es nach verfrühter Altersschwäche aus.

1976 konnte ich aus Fernzügen noch Land und Leute beobachten. Ein heutiger ICE ist dafür zu schnell und allenfalls geeignet, das Gedächtnis für Zurückliegendes zu trainieren. Zwischen Hamburg und Kassel versuchte ich mir mit Merktricks aus dem Buch die Nummern meiner

Bankkonten, die Geheimzahlen der Kofferschlösser, PIN-Codes für elektronische Geräte, Internet-Zugänge und fürs Autoradio einzuprägen – siebzehn Zahlen. Seit ich im Kasseler Hauptbahnhof das Kärtchen weggeworfen habe, auf dem seit Jahren alles wunderbar verzeichnet steht, kriege ich nur noch die Hälfte zusammen. Ich muß wieder hin, vielleicht leert man die Papierkörbe nicht jeden Tag. (Nachtrag: Tut man doch.)

Ein wonnestrahlender Motorbootkapitän will über Mädchen reden. Er lade Badenixen gern dazu ein, sich an der Achterleine festzuhalten und durchs Wasser ziehen zu lassen. »Erst finden die das toll. Aber bei zwei Knoten fängt der BH an zu rutschen, bei vier ist auch das Höschen weg.« Er lacht schallend, kann sich kaum beruhigen.

»Na so was! Und dann?« frage ich.

»Rausfischen, einen Bademantel reichen, aber ganz langsam! Erst mal nach ihm suchen.«

»Ach Gottchen!« murmle ich und sehe aus dem Fenster. Wir hassen nicht die Dummheit, nur den störenden Unterschied zwischen unserer eigenen und der der anderen.

Wo sind wir? Hinter Würzburg an der bayerisch-hessischen Grenze, die nächste Station ist Fulda. Hier fuhr ich mal nachts durch. Ich rätsele, warum es mir einfällt. Eine Zumutung: Ich weiß, daß ich etwas erlebt habe, aber nicht mehr, was es war.

Warum lese ich nicht mehr? Ich erwarte nichts davon. Ich erwarte auch sonst nichts. Nicht einmal Zeitungen sprechen zu mir. Wenn ich die Muskelarbeit des Aufschlagens und Hochhaltens einer Zeitung auf mich nehme, dann wegen des Wirtschaftsteils, er liefert hin und wieder kleine »Wußt-ich's-doch«-Effekte. Unter Vermischtes: Es gibt nächstes Jahr in Böblingen eine »Deutsche Gedächtnismeisterschaft«. Hinter dem Ortsnamen taucht das Bild eines Mädchens mit Rucksack auf. Erinnerungen an die Jungsteinzeit.

Her mit dem Übungsbuch, ab sofort steigere ich mein Erinnerungsvermögen! Ein Versuch mit Jahreszahlen: Was machte ich 1990? Antwort: Grundstücksgeschichten Ost (ohne selber hinzufahren), Beratung Ost (vom Westen aus), Ostphantasie und entsprechende Spekulation mit Optionsscheinen, dann Pleite Ost und fast meine eigene, mit Glück davongekommen – das war ein Jahr später. Im Herbst das Büro lahmgelegt durch Steuerprüfung, Karoline vom Pferd gefallen, stopp – das war vorher! Affäre mit Trixie, Versöhnung mit Judith, hauptsächlich wegen Weihnachten. Alles, was mich schlecht aussehen lassen könnte, ist in so einer Bilanz bereits ausgeblendet. Gedächtnis, das ist nur die Unterstützung des Vergessens. Es fängt damit an, daß wir uns an eine schöne Landschaft erinnern, aber nicht mehr an die Blasen, die wir an den Füßen hatten. Dasselbe mit Versagen und Schande: Der Zweck des Gedächtnisses ist subjektive Wiederherstellung von Ehre und Würde, wann immer wir sie eingebüßt haben.

Bei »horizontaler« Erinnerungsweise (durch das Sammeln und Nebeneinanderlegen all dessen, was »1990« oder »gestern« passiert ist) ist das besonders deutlich. Ich lege dann nur das in die Sammelschale, was mir wichtig scheint oder was mir in den Kram paßt. Memoiren gehen meistens so vor, daher ihr schönfärberischer Zug. Sobald ich mich aber »vertikal«, also anhand von Kriterien, zu erinnern versuche und mit ihrer Hilfe sondenartig ins Vergangene vordringe, haben auch unangenehme Ereignisse eine gewisse Chance, von mir bemerkt zu werden: Was war mir in den letzten zehn Jahren besonders peinlich? Wen hätte ich umbringen mögen und warum? Wie hießen die Frauen, in die ich mich seit dem zehnten Lebensjahr verliebt habe, und wie viele von ihnen erfuhren davon? Eine andere Längsfaser ist der Luxus: Brummkreisel, Fahrrad, Segelkurs, BMW Isetta, Pferd, Geliebte, Ferrari, Seegrundstück. Das Begehren war stets schöner als der Besitz.

Einige Übungen versuchte ich selbst zu entwickeln: Was wollte ich mir in den letzten sechzig Minuten merken? Welche wichtigen Dinge habe ich in den letzten zwei Monaten vergessen? Was vergesse ich im Moment? Aber da ist eine Grenze: Wer diese Antwort wüßte, wäre Weltmeister, nein, ungenießbar, mehr noch: undenkbar. Ein Gedächtnis, das sich merken kann, was es wann vergessen hat, wäre grauenhaft.

In diesem Moment betritt jemand den Wagen, den ich kenne. Sein Name ist – ? Weg! Vor seiner Medienkarriere lehrte er Recht an der Fachschule, Rach' an der Fechtschule, Acht an der Frechschule… alles vergebens, er hat mich gesehen und strebt auf mich zu. Hat vor zehn oder fünfzehn Jahren mehrere Millionen geerbt. Man hört es schon an der Stimme, er hat sie seitdem irgendwie tiefer gelegt. Braungebrannter älterer Sportsmann mit übertrieben weißen Jacketkronen. Sieht trotzdem aus wie ein Kantinenessen: zu viel und zu fade. Auf Ahnungslose wirkt so etwas vertrauenswürdig, siehe Politiker. Er hat den Ruf, großherzig zu sein (spendet für Afrika, wenn Kameras auf ihn gerichtet sind). Großherzig? Der kann im Bedarfsfall sein Herz auf Nußgröße verkleinern.

Freudiges Erstaunen, herzliche Begrüßung, tiefe Verachtung. Ein erfolgreicher Scharlatan, der sich, weil Professor geworden, für den Gipfel der Seriosität hält. Betrüger durch und durch, schlimmer: ein Mobber und Intrigant. Hat keinerlei Gefühle, spielt sie nur, und immer mit penetrant erklärenden Untertiteln. Vor Fernsehkameras wird ihm nie etwas anderes einfallen als das, was auch dem Dümmsten einfällt. Steht auf meiner jedes Jahr länger werdenden Liste der gestorbenen Freundschaften. Werde ihm eröffnen, daß ich an der nächsten Station aussteige.

*

Im Zug nach Hamburg treffe ich, kaum zu glauben, Ole Reuter, den abgehalfterten Brüsseler »Consultant« und Fernsehheini. Begrüßt mich wie einen Banknachbarn beim Abiturstreffen nach vierzig Jahren. Kündigt an, daß er gleich aussteigen wird, weiß aber nicht den Namen der Station! Lügner durch und durch, Betrüger und Intrigant (bezichtigt selbstverständlich immer nur andere dieser Mängel). Kommt ohne Umschweife auf die Zeitblom-Sache und spricht von Subventionsbetrug: Zeitblom und Leverkühn hätten von Anfang an Hand in Hand gearbeitet! Trotz aller Raffiniertheit hat er die bekannten Wutanfälle. Der Mann kann sich einfach nicht zusammennehmen, er selbst nennt es »Gerechtigkeitssinn«. Klagt zur Zeit ausgiebig über schlechtes Gedächtnis. Gedunsen, vergrämt, müde, und die Haare gehen ihm auch aus. Ich sage: »Was ist denn mit dir passiert?« Er antwortet mit einem lateinischen Satz, schreibt ihn mir auf: *fugit irre-*

parabile tempus. (Er übersetzt mit: »Der Sommer ist vorbei.«) Neigt immer noch dazu, das Kinn zu heben und überlegen zu lächeln. Will sich das offenbar abgewöhnen, denn alle zwei Minuten zieht er ruckartig das Kinn an den Hals. Effekt: Verdoppelung desselben.

Ole Reuter. Ich erinnere mich an seinen Slogan »Zeit ist verschwendetes Geld«. Früher war er noch talkshowfähig, wir haben viel mit ihm gelacht. Heute ist er ein unseriöser Starberater, bekannt durch Erfolge in den letzten Jahren, Sachbücher, Medienauftritte und allerlei Sprüche, heute kein guter Mann mehr, der hart arbeiten und wirklich Berater sein will. Ein Einflußreicher ohne Selbstvertrauen, in den Freundschaftssignale hineinfallen, ohne zurückzukommen. Ein implodierter Stern, ein »Schwarzes Loch«. Zur Tarnung seiner inneren Schwärze blödelt und kalauert er. Wenn er ernst ist, hadert er mit den höheren Instanzen, spricht von Moira, der Schicksalsgöttin, weil aus ihm nichts wirklich Großartiges geworden ist. Um kurz vor Torschluß doch etwas zu werden, möchte er den Teufel in den Kopf kriegen, hat aber bisher nur Unsinn im Hirn. Als ich, seinen Bauch betrachtend, regelmäßiges Schwimmen und Wandern empfehle, sagte er: »Fit sein heißt unerträglich sein.« Beim Lachen kommt manchmal noch der Charmeur raus. Viel lacht er nicht.

»Und sonst?« frage ich. »Schäfchen im Trockenen?«

Antwort: »Ich werde sowieso nicht alt.« Hält sich den Zeigefinger wie eine Pistole an die Schläfe. »So viel Humor muß sein«, sagt er. Soll cool klingen.

»Mensch!...« beginne ich.

»Gut, alles nicht so wild«, sagt er, »hier muß ich raus, Rainer!«

»Werner«, sage ich.

»Mensch!...« sagt er. »Mach's gut, Werner!«

Eine bemerkenswerte Frau hatte er damals. Jung, glühend neugierig, aber weniger Irrlicht als er. Und die kleine Tochter, hübsch, begabt, soll inzwischen plötzlich gestorben sein, ich frage gar nicht erst, woran. Vermutlich nimmt er vor mir Reißaus, weil er fürchtet, ich könnte doch noch fragen.

*

Ja, natürlich: Werner. Warum nannte ich ihn Rainer? Peinlich, gewiß. War es eine Personenverwechslung, gibt es einen Rainer in meinem Leben? Uninteressant sind zweifellos beide. Müßte mir etwas mehr Mühe geben, neue Bekanntschaften zu machen, denn die alten sind mir nur noch lästig. »Von allen Versuchen, uns die Zeit zu stehlen, ist ›Freundschaft‹ der wirksamste.« Prominentenweisheit, Verfasser unbekannt.

Bis Dortmund versuchte ich mit allerlei Tricks, Gespräche anzuzetteln: »Wann ist das zweite Jahrtausend zu Ende – Silvester 1999 oder Silvester 2000?« Nur falsche Antworten, ich mußte belehrend werden, das Gespräch verebbte. Oder: »Wie geht das Märchen von Hans im Glück?« Der Mann glotzte wie ein Bildschirm, ich erwartete schon die Antwort: »Bedienungsfehler, neue Eingabe!« Er hatte, von einem Kongreß kommend, sein Namensschild abzunehmen vergessen, was ich ihm sagte. Es folgte ein Gespräch über die Verkehrsanbindung der Ortschaft Wenigenhasungen. Dorther kam er nämlich und hieß – Hund. Stand alles auf dem Schild. Ja, ein Herr Hund aus Wenigenhasungen! Was sollte er mit mir reden, ich war müde und wollte im Grunde nichts von ihm wissen, er wird es gemerkt haben. Nein, ich bin nicht müde, sondern schwer depressiv. So! Und wenn man irgend jemandem aus dem Wege gehen sollte, dann einem Depressiven, der so tut, als wäre er lebensfroh. Man muß recht bald tröstliche Worte und Taschentücher hervorkramen, weil schon auf die Frage, was er denn so mache, sein Kinn zu zittern anfängt. Herr Hund aus Wenigenhasungen wußte das sofort.

Seit Hannover vermisse ich meinen Schreibstift »Camouflage«. Hat hoffentlich etwas Gutes zu bedeuten, vielleicht ist jetzt irgendein Spuk vorbei. Die Uhr rüttelt weiter an mir, jeden zweiten Tag etwa. Sie befreit sich von einer Spannung, es scheint mir, als leide sie unter den zu heftigen Körperbewegungen, mit denen ich sie aufziehe. Ich werfe mich im Schlaf zu oft hin und her.

Jeder Haß sei Selbsthaß, behaupten die Seelsorger. Jedenfalls sitze ich jetzt in Dortmund und hasse, egal ob mich selbst oder Gesichter, in denen sich meine Person spiegelt. Um davon nicht krank zu werden, erfinde und notiere ich Kalauer, was sozialverträglicher ist als Wutausbrüche oder Weinkrämpfe. Versuchte mich bei Barfrauen auszuweinen. In Rotenburg hing am Eingang des Nachtlokals das Schild »Barmer Ersatzkasse«, ich nahm es zum Anlaß für ein Scherzwort, das aber niemanden mehr überraschte.

Es sind die »vertikalen« Gedächtnisübungen, die mich so an den Rand gebracht haben. Dadurch, daß sie Ausblendungen nicht zulassen, schaffen sie eine Ahnung meines Lebensgefühls von vor zwanzig, dreißig Jahren, was schmerzt. Ich wollte mir selbst ein Freund bleiben durch dick und dünn. Aber jemand, der sich selbst derart unähnlich geworden ist, hat da Schwierigkeiten.

Ich sitze morgens um acht in Dortmund-Dorstfeld auf einem Stein an der Emscher und trinke weißen Bordeaux auf das Wohl eines früheren Besuchers namens Holzach. Den Lauf des kleinen, aber reißenden Flusses, der hier ab und zu in Betonröhren verschwindet, verfolgte Anfang der achtziger Jahre der junge Schriftsteller Michael Holzach zusammen mit seinem Hund Feldmann, den er in einem Tierasyl gefunden und zu sich genommen hatte. Hier am Ufer beobachtete er zwei kleine Mädchen, die das Spiel »Totenreich« spielten. Sie ernannten Papierbällchen zu Seelen Verstorbener und ließen sie in eine der dunklen Betonröhren hineinschwimmen. Wenn ein Totenbällchen am anderen Ende nicht wieder herauskam, hatte »der Geist es gefressen«. Holzach hat damals zu Fuß und ohne Geld die ganze Bundesrepublik durchstreift und aus seinen Erlebnissen ein Buch gemacht: »Deutschland umsonst«. Im Frühjahr 1983 war er wieder an der Emscher, wieder mit dem Hund. Aus dem Buch sollte ein Film werden, und er war gerade dabei, dem Team den Ort jenes Totenreich-Spiels zu zeigen. In diesem Moment stürzt sein Hund ins Wasser, scheint aus den Strudeln nicht freizukommen – Holzach springt ihm nach, versucht ihn zu retten, wird selbst in die Tiefe gezogen, ertrinkt. Feldmann, der Hund, ist davongekommen.

Tauchte Holzach wieder auf, jetzt, am anderen Ende der Röhre und so, wie er damals war, fünfunddreißig Jahre alt, ein etwas sentimentaler

Achtundsechziger, der die Armen im Prinzip gut und die Bösen vor allem zu reich fand – er wäre für mich nicht interessant, schon weil ich ihn zu leicht betrügen könnte. Der Berater von Welt ginge gelangweilt auf Distanz. Nur kurz würden wir über Orte reden, die er zu Fuß durchwanderte und die ich von der Bahn aus sah, und uns dann verabschieden. Aber auf einen älter und vielleicht etwas boshaft gewordenen Michael Holzach wäre ich neugierig. Auch er hätte Böses erlebt und, wer weiß, nach zahlreichen Anfällen hilfloser Wut einigermaßen gelernt, die Gesellschaftsspiele der Wüste nicht wie ein Kritiker, sondern wie ein Mitspieler zu betrachten. Diesem älteren Holzach würde ich, auf die Gefahr hin, daß er alles aufschriebe, nein, in der Hoffnung, daß er es tue, von Haß und Selbsthaß erzählen. Daß mein Weg mit Leichen und verpaßten Gelegenheiten gepflastert sei. Sogar von der verlorenen Tochter. Mit verstecktem Behagen würden wir beide von erfolgreichen beruflichen Abenteuern erzählen, er von seinen Büchern, ich von meinen erfolgreichen Ideen und von einer Welt, die durch mich ein Stück unbewohnbarer geworden ist. Würde hinzufügen, daß da Gedächtnisstörungen unvermeidbar seien. Der Schriftsteller würde mir nachdenklich zuhören und sagen: »Wenn Sie gestatten, Herr Reuter, schreibe ich das auf. Ich glaubte schon damals nicht an eine heile Welt. Ich suchte ja ganz bewußt den dreckigsten Fluß Deutschlands auf, um ihn von der Quelle bis zur Mündung zu erforschen. Diese Arbeit geht weiter, fahren Sie fort!« Vielleicht hätten wir anschließend noch über Aktien geredet, die er soeben gekauft und die ich vor kurzem abgestoßen hätte – nein, das nehme ich zurück, lieber Michael Holzach, es ist ausgeschlossen.

Ich habe in den letzten Tagen westdeutsche Orte aufgesucht, die mir damals, 1976, Freude machten. Das Römisch-Germanische Museum zu Köln. Heute quälend überfüllt, wimmelige Schulklassen, keine Femme fatale mehr weit und breit, auch sonst nichts Hübsches – der steinerne Römer Lucius Publicius und ich blicken uns mit stummer Trauer ins Auge. Auf dem Platz davor lärmen irgendwelche Bands, Skateboarder machen Jagd auf Fußgänger – ich flüchtete. Oder ein altes Gasthaus nahe einem wunderbaren Cuvilliés-Schloß, das ich immer wieder besucht habe, Heimat angenehmer Erinnerungen, Schloß wie Gasthaus. Was fand ich vor? Einen »Grillpavillon«, der neuerdings dafür sorgt, daß das Schönste verdorben ist, was diese Herberge seit Jahrhunderten zu bieten hatte, der Blick aus den Zimmern über weite Wiesenflächen bis zum fernen Wald. Das einzig verbliebene Schöne ist die einsame riesige Distel, die unverdrossen an der

Mauer blüht. Sie sollte mir Vorbild sein, aber ich bin leichter zu kränken.

Nein, ich habe keine Zärtlichkeit mehr für das Land, zu sehr trägt es die Spuren seiner Bewohner, und die sind mir widerwärtig. Fast jeder hat vor dem Drängeln und Belehren aller anderen Angst, ständig fühlt sich jemand von irgend etwas verletzt, jeder wirft dem anderen Verklemmtheit vor, und die besonders unerfreulichen Exemplare überziehen jeden Fleischer- oder Gemüseladen aus nichtigstem Anlaß mit Eskalation. Höflichkeit halten sie für Lüge und umgekehrt. Lobst du einen Deutschen, erklärt er dir sofort, warum andere besser sind. Schenkst du ihm was Scheußliches, sagt er: »Danke, sehr aufmerksam!« Schenkst du ihm was Schönes: »Das wäre nicht nötig gewesen!« Lädst du ihn ein: »Dafür werde ich mich revanchieren!« Und wenn er sich auf besonders häßliche Weise ausdrücken will, sagt er zuvor »auf gut deutsch«. Dazu ihre Belehrungssucht, ihr Sicherheitsbedürfnis, Stangenschlösser, Alarmanlagen, »Vorsicht bissig!«-Schilder (mit denen sie hauptsächlich vor sich selbst warnen), Ängstlichkeit, Hausratversicherung, ihre Lust am Denunzieren. Und in ihren Wohnungen können sie sich kaum noch herumdrehen, weil sie die Verpackungen sämtlicher Geräte aufheben für den Garantiefall und fürs Jüngste Gericht. Und aus jedem Lautsprecher schallt dazu als Heilsbotschaft: »Genießen Sie …«

O gewiß, es sind nicht nur die Deutschen. Die ganze Heilsgeschichte ist falsch notiert: Am Anfang war das Goldene Kalb. Drumherum sprangen Dummheit und Gier und fühlten sich kannibalisch wohl. Man tanzte mit heiseren Schreien wie »Genießen Sie!«, »Erleben Sie!«, »Holen Sie sich …!«, und selbstverständlich wollte auch der letzte Trottel unbedingt ein Auto besitzen – glücklicherweise war es noch nicht erfunden. Um gegen das Kalb anzukommen und so etwas wie Sprache und Ordnung einzuführen, erfanden ein paar besonnene Köpfe Gott. Daß sie unablässig behaupteten, er sei zuerst dagewesen und habe alles erschaffen, ist verständlich und legitim. Die Erfindung war so gut, daß sie jahrhundertelang geglaubt wurde. Aber immer mehr kritische Stimmen erhoben sich gegen das, was er angeblich erschaffen hatte, und fast noch mehr gegen das Geschehen, das er angeblich lenkte. Zudem fiel auf, daß er sich hartnäckig vertreten ließ und nicht selbst in Erscheinung trat. Du merkst, Herr – ach nein, du merkst ja leider gar nichts! Ich werde mich umbringen, hast du das begriffen? Natürlich nicht.

Deine Schöpfung ist gefälscht worden, alles, was auf dem Planeten Erde geschieht, ist Plagiat! Es gibt irgendeinen anderen Stern, auf dem du gegenwärtig und für alle da bist. Das allein ist der Grund, warum du hier nie auftauchst, und ich habe es gemerkt. Eine Fälschung! So, und das ist dir völlig egal? Ich verstehe dich nicht. Und das ist dein Problem. Deines.

Das waren eine Zigarre und eine Flasche Wein an der Emscher. Die Flasche ist leer und schwimmt nickend und wippend durch Dortmunds Betonröhren. Das Taxi hat geduldig gewartet (da grüßt ein letztes Stück guter Weltordnung herüber), und ich steige wieder ein. Ach, könnte ich die Uhr zurückstellen bis ins neunzehnte Jahrhundert, besser gleich ins achtzehnte. Schon des Duells wegen. Man müßte dann nur die richtigen Leute beleidigen, um seinem Leben ein tadelloses Ende zu machen.

Am Hauptbahnhof. Vielleicht kann ich jetzt, besoffen wie ich bin, im nächtlichen Zug friedlich schlafen?

Von wegen! Haß hält wach. Er ist wie ein ausgestreckter Zeigefinger, drei Finger der Hand weisen auf mich zurück, es gibt keinen Frieden. Auch wenn ich jetzt die zweite Flasche ansetze.

Ich habe am goldenen Teufelskalb mitgezimmert, und wie! Habe ihm zur Macht verholfen, bin ein General all dieser Kalbsköpfe. Wer war es denn, der –? Jawohl, ich! Ich war der Berater!

Ja, ich. Berater, Anstifter. Ich! Ein Teil von jener Kraft … (was immer sie anrichtet, pfui Deibel auch).

Ich habe ausgeheckt, daß die Schonfrist für König Kunde zu verkürzen sei. Er müsse rasch gewonnen und dann langsam gemolken werden zu seinem Nachteil. Ich habe erfunden, daß Produkte nicht mehr erprobt, sondern sofort verkauft werden, die Erprobung obliegt dem Kunden. Bringt er Beschwerden vor, zögert man die Garantieleistung bis zu einem Jahr hinaus, erklärt ihm, das Gerät sei veraltet, es gebe neuerdings bessere. Alles meine Idee, mein Werk. Ich habe eingeführt, daß der Käufer gute Geräte wegwerfen muß, weil ihm bestimmtes Verbrauchsmaterial (Farbbänder, Disketten, Patronen) nicht mehr geliefert werden kann. Alle Firmen, die meine Ratschläge berücksichtigen, florieren. »Beratung« – ich bin Teil von jener Kraft, die nicht fürs Gute zuständig ist, nicht fürs Bessere, sondern für Gewinn. Meine Idee, daß auch die unverschämtesten Gebühren und Abrechnungen anstandslos bezahlt werden, wenn sie mit Computern unverständlich genug formuliert und gedruckt sind, hat zu schönen Zuwächsen geführt. Innovationen am Finanzmarkt sind wunderbar, wenn der kleine Anleger aus all den Graphiken und Spezialausdrücken nicht begreift, daß seine Chancen immer miserabler werden. (In Frankfurt natürlich das Gegenteil sagen!)

Seit meinem ersten Auftauchen in der Geschichte wollten auch politische Narren und Wüstlinge mich um sich haben. »Adolf«, sagte ich zum Blindesten von ihnen, »ein paar Sachen solltest du dir aus dem Kopf schlagen!« Was kam? Schwachsinn, anfangs noch so etwas wie erfolgreich, dann genau der Flop, den ich vorausgesagt hatte – er konnte eben nicht zuhören. Ich mißtraue seitdem Duzfreundschaften, sie scheinen aufs Gehör zu schlagen. Ähnlich wie der Alkohol: Mit Bismarck redete ich um sieben Uhr morgens, weil ich vermutete, dann sei er nüchtern. Sofort begann er Portwein aus Biergläsern zu trinken; von meinen Langzeitperspektiven kam nichts mehr bei ihm an. Da war Dschingis-Khan zugänglicher, er wollte ernstlich etwas über »PR« hören, allerdings spreche ich nur mangelhaft Mongolisch. Allein der Neandertaler hat mich verstanden: Ihm ist kein Fehler nachzuweisen.

Nachmittags in Nürnberg. Da steige ich aus. Will ins Eisenbahnmuseum. Bin so betrunken, daß ich den Pilotenkoffer vergesse, eine Mitreisende wirft ihn mir aus der Tür des abfahrenden Zuges zu. Bringe es noch fertig, die Koffer ins Schließfach zu hieven, zu zahlen und den Schlüssel abzuziehen. Schwanke in die Stadt. Ein Bosnier fragt mich auf der Straße, ob ich einen Fernseher oder ein Radio zu reparieren hätte, er könne das. Der Ahnungslose! Hierzulande ist kein Gerät kaputt, schon gar nicht, wenn man danach fragt.

Ich gehe in ein Restaurant, vielleicht kriege ich etwas herunter. Versuche Judith per Dandy oder Haydn anzurufen. Besetzt. Was hat sie ausgerechnet jetzt zu telephonieren? Der Fisch mißfällt mir, man soll eben nicht Fisch bestellen, wenn man beim Essen auf ein Aquarium schauen muß. Ich lasse das Mahl stehen, trinke weiter. Drüben der fette Kerl, dem Typ nach Diplomhandelslehrer, legt ein Handy vor sich auf den Tisch, mit dem er gerade telephoniert hat, will sicher gleich wieder loslegen. Ich gehe aufs Klo, um diesem Menschen kein Publikum zu sein. Aber ich sehe ihn vor mir, den penetranten Pedanten, zweifellos telephoniert er schon wieder, und seine Banalitäten schallen durchs Lokal.

In meinem Kopf formt sich ein Dialog: »Mein Herr, müssen Sie wirklich im Restaurant telephonieren?«

»Sie stören, ich telephoniere!«

»Nein, Sie mich, Sie stören mich! Sind Sie so furchtbar wichtig, daß Sie mit Ihrem Geschwätz anderen Leuten das Essen verleiden dürfen?«

»Erstens essen Sie gar nicht mehr ...«

»Ja, und warum wohl?«

»Zweitens …«

»Höre ich ›erstens‹ und ›zweitens‹? Sie wissen nicht, mit wem Sie sprechen! Zu mir sagt niemand ›erstens‹, Sie schon gar nicht, und ›zweitens‹ auch nicht.«

»Erlauben Sie, Sie Eskalationsgenie, vielleicht finden Sie mal die Bremse!«

Wer lange pinkelt, kann lange Dialoge entwerfen. Bin wieder im Lokal, gehe am Tisch des Feindes vorbei. Da liegt sein Handy, er selbst hat sich listig irgendwohin zurückgezogen, um mich in Sicherheit zu wiegen und erneut loszulegen, wenn ich erst sitze. So etwas durchschaue ich. Meine Stimme dürfte ihn aber überall im Haus erreichen: »Mich werden Sie nicht bremsen, Sie nicht! Sie kennen meine Willensstärke nicht! Lassen Sie sich das eine Lehre sein!«

Ich nehme das Handy und lasse es ins Aquarium gleiten, die Fische stieben auseinander, das dumme schwarze Ding sprüht Luftbläschen und sinkt schaukelnd auf den Grund. Hallo? Zur Zeit kein Empfang.

Ihm selben Moment rüttelt die Uhr meinen Arm. Ich sollte sie gleich mit zu den Fischen schicken. Bitte sehr, du Miststück, das Bad ist frei! Ich greife höhnisch zum Rädchen und stelle sie zurück auf acht Uhr morgens.

*

Das war wirklich schwerer Suff, heavy drinking, man muß das ins Auge fassen. Denn Ole Reuter saß mit einem Mal abermals an der Emscher und trank dieselbe (nein, nicht die gleiche, sondern dieselbe) Flasche Bordeaux noch einmal, trauerte um Holzach, danach wieder Haß, eine zweite Flasche mit Dschingis-Khan, dann der Kampf gegen Diplomhandelslehrer im allgemeinen und in Nürnberg, nebst Versenkung eines leichten Zerstörers namens »Ericsson«, die Fische staunten auch beim zweiten Mal, sie hatten es ja noch nicht erlebt, wohl aber Ole – diesmal ließ er den Zerstörer noch ein wenig schwimmen, um ihm dann mit vorschießendem Mittelfinger den entscheidenden Torpedoeinschlag zu verpassen – abwärts! »Mach ich gern alles – nochnpaarmal!!« erklärte Ole dem herbeigeeilten Kellner. »Es heißt auf Fratzös, Moment, Franschösch, also, heiß Schéhéraza-dévu oder déjà ...! Presche nomadelmeise merowinger flitzend Schraffös, is nur die Tschunge jetz!«

*

Barampola an Quardokus

Die zweihundertste Stunde geht zu Ende, und heute mußte ich den Klienten zum ersten Mal buchstäblich retten. Du hast ihn, wie Du mir erzählt hast, schon mehrmals retten müssen, es müßte ihm allmählich auffallen. Aber da er an unsereinen nicht glaubt, kommen all die Gefahren, die er nur durch ein Wunder überstanden hat, auch in seinen »vertikalen« Erinnerungsversuchen nicht vor. Wunder pflegt er besonders rasch zu vergessen (oder im Suff gar nicht erst zu bemerken).

Seit Tagen schon gibt es Anzeichen, daß er die Kontrolle über sich ganz verlieren wird – Schlaflosigkeit, Nahrungsverweigerung und Alkohol wirken zusammen. Seine Intelligenz schwankt. Er haßt die Deutschen, weil sie Probleme mit Deutschen haben. Gestern, in einem menschenleeren Lokal in Nürnberg, umsummte ich ihn als etwas langsame, daher äußerst sensible Wirtshausfliege. Er sah sich im Spiegel, ohne sich zu erkennen, ergrimmte wider den vermeintlichen Handelslehrer (gängiges Feindbild), der er selbst war, und warf dessen schnurloses Telephon ins Aquarium, also sein eigenes. Als er merkte, was ihm passiert war, verfiel er in Depressionen, versuchte in einem Hotel zu schlafen, wohlverstanden nachts, wodurch er wieder seine Portion Alpträume abbekam. Am nächsten Tag reiste er in den Südosten, wollte nach Freilassing, beschloß in Großkarolinenfeld auszusteigen, weil er glaubte, in einem dortigen Gartenlokal besonders innig um seine Tochter trauern zu können. Ich nutzte die Zeit für das Studium der mir unbekannten Kleinstadt. Ihr Name wirkt in Bayern fremd. Ich glaubte zuerst, daß sie nach der herrschsüchtigen Königin von Neapel benannt sei, mit der ich im Auftrag der Firma zweihundert Jahre früher zu tun hatte. Es handelt sich aber um eine bayerische Karoline, die in der hiesigen Moorgegend Familien aus der linksrheinischen Pfalz angesiedelt hat, Flüchtlinge vor Napoleon. Überall in der Stadt gibt es Schilf, ferner blaue und türkisfarbene Libellen, deren Heimat ein sich schlängelnder braunroter Bach namens »Aschach« ist. Ich hätte gerne noch den Ort Schlimmerstätt und den Feuerwehrball von Jarezöd besucht, aber mein Klient stand bereits auf der Fußgängerbrücke über den Bahngleisen und blickte sinnend auf die aus München heranjagenden Züge, begann zu wippen – ich mußte eingreifen. Ich wurde zur Wespe und stach ihn oberhalb der rechten Socke. Wie erwartet, stürzte er sich nun nicht vor den Zug, sondern suchte eine Apotheke auf. Danach fuhr er Richtung Salzburg, durchwanderte Freilassing in neuerlich depressiver Stimmung, passend zu dem vom Krieg zerstörten, heute nahezu gesichtslosen Ort. Die Fahrt mit dem Triebwagen bis Laufen und das Herumwandern in dieser hübschen Grenzstadt scheinen ihn dann doch ein wenig aufgemuntert zu haben. Zur Zeit wirkt er entschiedener, hockt in einem Zimmer im »Gasthaus zur Bahn« und schreibt und schreibt. Was es ist, kann ich mir auch später noch ansehen – jetzt will ich die Abendstunde nutzen, um mir eine vielversprechende Kirche anzusehen, die vom hohen österreichischen Ufer zur Salzach herunterblickt. Ich melde mich später wieder und halte Dich über Laufen auf dem – verflixt, ich schreibe schon wie er.

*

Habe meine bisherigen Notizen gelesen. Einige Passagen kommen mir vor, als hätte sie ein anderer geschrieben. Durchgezählt: ich habe vierundvierzig mal das Wort »nichts« gebraucht, diesen Satz mitgerechnet. Man sollte feststellen, was das ist: »nichts«. Und ob »gar nichts« dasselbe ist. Mein Bein schmerzt, die Wespe hat eine ordentliche Beule hinterlassen.

Im Zug saßen zwei Japanerinnen, die nach Salzburg wollten. Bei der Einfahrt in Rosenheim fragten sie den Schaffner: »Salzburg?« Er antwortete: »Letzte Station«, worauf sie ihr Gepäck nahmen und aussteigen wollten. Der Schaffner: »Nein, nein, *letzte* Station!« Sie setzten sich hin, waren aber in Bad Endorf schon wieder an der Tür und mühten sich mit den Koffern. Wieder hieß es: »Letzte Station, letzte!«, immer dieses

Wort, nun auch von anderen Hilfreichen beschwörend nachgesprochen. Keiner verstand, daß die Japanerinnen das Wort »letzte« nicht kannten und annahmen, es könnte bedeuten, daß sie bald aussteigen müßten. Meinen Zuruf »Salzburg ist am Ende – Endstation!« verstanden sie sofort. Ich fühlte mich einen Moment lang intelligent und nützlich.

In Freilassing gibt es ein einziges hübsches Gebäude, das ist die alte Schule mit dem Türmchen und den Spalierbirnen. Die Menschen sprechen alle Österreichisch, denn sie wohnen drüben – sie kaufen hier nur ein. Fuhr bald nach Laufen weiter. »Gasthaus zur Bahn«, ordentliches Zimmer, Wanderung ins Stadtzentrum. Alte Wagenräder und Gartenzwerge als Grundausstattung jedes Hauses. Akademie für Naturschutz und Landschaftspflege. Am Giebel des Postamts predigt ein Heiliger mehreren Pinguinen und einem Wolf. Dann sehe ich, warum ich hier bin, es geht mir schlagartig auf: die Salzachbrücke, die Grenze zu Österreich! Als Kind hatte ich sie an der Hand meiner Mutter betreten, und sie hatte mir erklärt, was eine Grenze sei und daß man eine bestimmte Linie nicht überschreiten dürfe, sonst –! »Was passiert sonst?« hatte ich gefragt. Einer der Grenzer hörte es und sagte mit neckischem Ernst: »Dann schiaß ma, aba sofort!« Ich hatte sein Grinsen nicht gesehen und nur eines verstanden: daß dies eine der einfachsten Methoden sein mußte, zu Tode zu kommen. In meinen späteren Phantasien spielte ein Heine-Gedicht aus »Heimkehr« eine Rolle, in dem sich der Reisende nach liebevoller Beschreibung einer deutschen Idylle mit Mühlrad und Schilderhäuschen vom Wachsoldaten wünscht: »Ich wollte, er schösse mich tot.«

So, da liegt die Brücke vor mir, hübsch anzusehen unter ihren zwei eisernen Staatsadlern. Ich spüre Entschiedenheit, gehe zum Gasthof zurück und treffe Vorbereitungen. Vor allem ist noch einiges zu schreiben.

Mein Resümee: Was sollte ich tun? Der Ceylonese, der behauptete, meine Tochter zu lieben, war ein leichtsinniger Bursche, dazu bei aller Anpassungsbereitschaft von wildfremder, rätselhafter, besorgniserregender Mentalität, auch, so schien mir, in der Wahrnehmung von Frauen. Karoline war achtzehn! Sie wäre mit dem Rosenverkäufer rasch todunglücklich gewesen. Aber durfte ich eingreifen und ihr jemanden wegnehmen, den sie für ihr großes Glück hielt? Alles aushalten und ruhig bleiben wäre richtiger gewesen, aber das weiß ich erst jetzt. Ohnehin wollte sie immer vor allem eines: weit von mir weg sein. Erst einmal in Sri Lanka leben und den Vater vergessen, der Rest würde sich finden. Der junge Mann aber wollte das genaue Gegenteil, nämlich hier leben. Karoline fürchtete meine Wutausbrüche, meine Übertreibungen, meine pessimistischen Warnungen. Und ich überschätzte meine Fähigkeit, nach den Zusammenstößen ihr Vertrauen wiederzugewinnen. Unterschätzte ferner, wie dauerhaft ich sie schon verstört hatte. Wenn sie »wieder lieb war« und »wieder lachte«, war keineswegs alles wieder gut. Zu heuchlerischer Anpassung habe ich sie gezwungen, mehr nicht. Judith versuchte, Karoline vorsichtig vor meinem Eifer zu schützen. Als ich meiner Schwester das Haus verbot, hielt Judith dagegen: »Alkoholismus hin oder her, es ist ihre Lieblingstante!« »Eben«, rief ich, »das zeigt die Gefahr!« Statt mich daran zu erinnern, daß jeder Mensch Lieblingstanten hat – und braucht! Nun, es hängt leider mit meinem Beruf zusammen, in dem ich jeden Tag einen dämlichen Optimismus ausstrahlen muß, während ich mich insgeheim nur als Kassandra authentisch fühle.

Nach der von mir erzwungenen Trennung von diesem Mann, Ari war sein Name, kam sie nicht mehr zu uns nach Hause, bestand auf eigenen vier Wänden. Nur einmal kam sie noch und holte ihren Teddybären: »Er ist mein Sozialarbeiter.« Ihre Krankheit habe ich, bei all meiner Tendenz zur pessimistischen Übertreibung, unterschätzt und verdrängt. Ein Vater mit vernichtend zugespitzter Sprache, die keinen Ausweg läßt. Daß ich die ablaufende Aufenthaltsgenehmigung des Mannes genutzt habe, um ihn entfernen zu lassen, war etwas unsauber, aber Notwehr. Von Karoline aus gesehen erbärmlich.

Judith sagt, sie mache mir keinen Vorwurf. Auch sie habe sich Sorgen gemacht wegen Karoline und Ari. Damit will sie mir helfen. Selbstverständlich kann sie mir *nicht* verzeihen. Die einzige Tochter tot. Was heißt hier Asthma, das Herz habe ich ihr gebrochen.

Das Gedächtnis ist fähig, zu vergessen, was quält. Aber da sind bestimmte Schreckbilder, die die Erinnerung durchlöchern und mit ihr, wenn es schiefgeht, schließlich die ganze Person beseitigen, *imagines necantes*.

Ich wüßte gern, wie viele Menschen auf der Straße gern sofort sterben würden und nur nicht wissen, wie. Meine Vorbereitungen werden durch Fragen verzögert, die ich noch aufschreiben muß. Etwa die, ob ich meine Seele schon längst verkauft hatte oder erst jetzt im Begriff war, es zu tun – es ist natürlich nicht mehr wichtig, da es weder Seele noch Teufel gibt. Ferner die Frage, warum ich in diesem Moment saubere Wäsche und ein frisches Hemd anziehen will. Bin dünner geworden, leichter. Sieh an, der Körper. Er will mir sagen: Ich weiß nicht, was mit dir los ist, aber ich, ich komme wieder auf die Reihe.

Weitere Frage: In welchem Stück heißt es von einem Mann, er lebe oder handle »in seines Nichts durchbohrendem Gefühle«? Er lebt, so verstehe ich endlich, im durchbohrenden Gefühle seines Nichts, seines Schon-nicht-mehr-Seins, also lebendigen Totseins. Schiller, Don Carlos! Auch mein Gedächtnis versucht mir weiszumachen, es sei im Gegensatz zu mir noch durchaus in Ordnung.

Ich stecke ein, was ich jetzt brauche, und zwar durchgeladen und gesichert. Die Salzach wird zum Acheron. Fühle mich mutig, klaren Geistes. Bald werde ich auf der Brücke stehen und nach der Linie suchen, die nur von Todeswilligen überschritten wird. Ich weiß, daß kein Grenzer schießen wird, muß also mein eigener Grenzer sein.

Ich habe mich umgebracht. Er hat sich umgebracht.

*

Ole an Judith Reuter

Liebe Judith,

es tut mir leid, daß Du auch diese Enttäuschung mit mir erlebst und jetzt die ganze Last tragen mußt. Aber es geht nicht anders. Du warst mir eine wunderbare Frau, und ich war viele Jahre allein durch Dich schon glücklich. Jetzt holt mich etwas ein, wogegen Du machtlos bist, Karolines Schicksal und meine seelische Schuld.

Meine Hinweise auf andere Frauen im Reisetagebuch nimm nicht zu schwer. Ja, ich habe … Überflüssigerweise habe ich mit einer geschlafen, die an der Nadel hängt. Demnächst wird ein Brief aus einem Labor ins Haus kommen, wonach ich mich entweder angesteckt habe oder nicht (Dich habe ich nicht angesteckt, was Du leicht nachrechnen kannst).

Du weißt, wo die Dokumente und Kontonummern sind. Ich wünsche Dir ein langes, glückliches Leben und viele wunderbare Freunde und liebe Dich.

Dein Ole.

*

Barampola an Quardokus

Danke! Ohne Deine E-Mail gäbe es ihn nicht mehr. Mir war die Bedeutung entgangen, die diese Salzachbrücke für ihn hat (zu schweigen vom Heine-Gedicht). Deine Antwort kam gerade rechtzeitig, ich war im Begriff, ihn für eine Stunde alleinzulassen, des nahen Österreichs wegen.

Nachdem er sein Tagebuch mit dem Satz »Ich habe mich umgebracht« abgeschlossen hatte, schrieb er noch einen Brief an seine Frau, den ich beilege. Nun ja, lies selbst! Wer so etwas als Abschiedsbrief zu hinterlassen gedenkt, sollte seinen Tod doch lieber als Unfall tarnen! Lügt von der ersten bis zur letzten Zeile. Deutet an, er müsse aus Schuldgefühl seiner armen Tochter in den Tod folgen. Nie würde Ole Reuter sich töten, bloß weil er etwas auf dem Kerbholz hat! In Wahrheit ist er nur beleidigt, weil man ihm auf Erden zuwenig geboten hat. Es ist die Haltung, die er schon als Vierjähriger eingenommen hat. Im 1948er Tagebuch seiner Mutter ist der Satz verzeichnet: »Das eß' ich nicht, das ist mir viel zuwenig!«

Ich bekenne, daß ich noch nicht ganz genau weiß, warum er sich das Leben nehmen wollte. Tatsache ist, daß er mit einer Entschiedenheit vorging, die man bisher von ihm nicht gewohnt ist. Also doch so etwas wie Fortschritt und mehr als nur Laune und Selbstdarstellung.

Im Tagebuch verabschiedet er sich mit Sätzen wie »Muß jetzt mein eigener Grenzer sein«. Der Mann platzt vor Eitelkeit. Eines wußte ich: Wenn ich ihn rette, wird er es als ›Gottesurteil‹ nehmen, sich geschmeichelt fühlen und munter weiterleben! Was immer er tut oder läßt, er bleibt ein frevelnder Narr.

Er verfügte sich, wie Du vorausgesagt hast, mit seiner Schußwaffe auf die Brücke, die zugleich Grenze ist. Wer ihn sah, dachte vielleicht, er zücke eine Kamera oder führe ein Mobiltelephon ans Ohr. Niemand hätte ihn an dem Schuß hindern können. Auch mit einem Wespenstich wäre es nicht getan gewesen. Ich hatte zum Glück schon in Dortmund den Schlagbolzen seiner Pistole unbrauchbar gemacht – unsereines kennt das Kleinteil ja bestens und zerbricht es wie einen Zahnstocher zwischen zwei Fingern.

Also »klick« und sonst nichts. Ole Reuter zerlegte die Waffe und sah die Bescherung. Sofort dachte er an das Gift, das er im Koffer hatte. Er ging ins Gasthaus und holte es. Aber jetzt mußte er sich einen anderen Ort suchen, auf einer Brücke stirbt man schnell oder gar nicht. Für langsameres Verschwinden aus dieser Welt bleibt man im Hotelzimmer – eigentümlicherweise verabscheut Reuter es, dort zu sterben – oder kriecht in ein Gebüsch. Oder ins Chorgestühl einer hoch über der Stadt gelegenen Kirche – auf diese Weise hoffte ich, mir die ragende österreichische Schönheit doch noch anschauen zu können. Reuter wollte in Bayern sterben, entschied sich also fürs Gebüsch. Er wanderte am Ufer entlang, in der Hand eine Plastiktüte mit Gift, Zahnputzglas und einer Flasche Wasser, und suchte ein gutes Todesversteck. Ich hatte mich für Methode »Gauguin« entschieden und dem Gift ein Vomitiv beigemischt, so daß Brechreiz das Gift wieder aus dem Magen warf. Ole Reuter erbrach sich ausgiebig, wartete, stellte nach zwei Stunden anhand des fortdauernden Juckens der rechten Wade fest, daß aus dem Sterben nichts geworden war, warf den Abschiedsbrief an Judith in die Salzach (ich fischte ihn wieder heraus) und wankte zurück ins »Gasthaus zur Bahn«. Er schläft jetzt seit zwölf Stunden traumlos. Ich habe während der Zeit diese Kirche drüben besichtigt. Nun ja, Mittelmaß.

*

Wenn jemand trotz eines komaähnlichen Zustands noch herumschlurfen kann, bin ich es. Der Magen eine gallige Pfütze, darunter stechende Blähungen, hinter den Augen ein Schwelbrand. Weiterer Schmerz brütet in den Nackenwirbeln, Blei füllt die Knochen aus, das Ganze ein ächzendes Gespenst. Muskeln gibt es von Fall zu Fall, im wahrsten Sinn – der Wirtssohn mußte mich stützen und mir helfen, die Koffer aus dem Gasthaus und in den Zug zu kriegen. Als der Pilotenkoffer umfiel, rollte aus der Seitentasche – der vermißte Schreibstift Camouflage!

Woher weiß ich, daß im Wappen von Freilassing ein Pferd über ein Salzfaß springt? Steige in irgendeinen Zug und bin so schwach, daß ich nur noch dem Zufall folgen kann, ein treibendes Wrack, leider unsinkbar.

Traunstein, ich steige aus. Wenn man einfach nur warten muß, bis der Kopf wieder funktioniert, kann man das auch in Traunstein. Immerhin, es hat niemand etwas mitbekommen, kein Arzt, kein Journalist (»Gift oder Kugel – EU-Berater wollte Konsequenz ziehen. Abschiedsbrief im Wortlaut.«).

Es regnet unglaublich. Statt durch- und wegzuziehen, kreist ein Tiefdruckgebiet – es trägt den Namen »Saskia« – über Bayern wie eine riesige Handbrause. Habe mir im Kaufhaus Unterforsthuber einen neckisch gemusterten, daher billigen Schirm gekauft, aber darauf verzichtet, ihn aufzuspannen, und wandere mit patschnassen Kleidern und Schuhen durch die Stadt. Soeben rüttelt die Uhr. Ich gehe in die Schalterhalle der »Bayerischen Hypotheken- und Wechselbank«, um meine Uhr abzunehmen und die Rotation zu beobachten. Wie war das? Die Zeit zurückstellen und dann erst das Werk aufziehen, und du erlebst alles noch einmal. Déjà-vu à la Scheherazade? Lieber nicht! Wenn ich jetzt plötzlich wieder im Laufener »Gasthaus zur Bahn« wäre, erneut zur Tat entschlossen, würde ich a) wissen, daß die Pistole einen defekten Schlagbolzen hat, b) die Dosis des Gifts so bemessen, daß ich es nicht wieder herauswürge, sondern zuverlässig hinscheide. Von heute aus gesehen aber keine Lust, überhaupt nicht! Ich ziehe die Uhr auf, stelle sie dann erst, anschließend esse ich einen Rollmops und lebe, von ihm ausgehend, strikt nach vorn. An der Salzach, da hat mich was erschreckt. Ich werde doch lieber verrückt, als daß ich mich töte.

Meine Ohren hören, meine Augen sehen, ich fange an, mich ihrer wieder zu freuen. Auf einem Schild lese ich »Priesterweihe« statt »Partnerstädte«, ein paar Dinge funktionieren noch. Ein Schaufenster zeigt mir, daß ich totenblaß bin.

Ich muß Kräfte sammeln, mir ist danach, zu Judith zu fahren. Ob ich ihr vom Ufer meines Acheron erzähle, weiß ich nicht. Ich werde ihr sagen, mir wäre Traunstein nicht bekommen.

München: Auf den Bahnsteigen stehen jetzt übermannsgroße Gestalten aus Eisenplatten, Giganten der Dienstleistung, im Bauch ein Fenster mit Informationen. Ein Schmarr'n (bayerisches Wort für »Design«).

Richtung Berlin. Peitschender Regen. Die Tropfen laufen – wegen der hohen Geschwindigkeit waagrecht – an der Scheibe entlang, sie zeichnen eine Art Rangierbahnhof aus Wasser. Warum sieht das Bild exakt so aus und nicht anders? Wieso laufen die Tropfen in so einem seltsamen Zickzack durcheinander? Der eine nimmt eine Abwärtskurve, der andere erwischt unvermutet einen Schnellweg nach oben rechts, schwänzelt gierig voran mit dreifacher Geschwindigkeit. Es ist die Folge von Fusionen:

Kaum vermengt sich ein Tropfen mit einem anderen oder einer bereits vorhandenen Wasserbahn, wird seine Bewegung schneller, denn einen größer gewordenen Tropfen kann der Fahrtwind stärker treiben. Es entstehen auf der Scheibe vier annähernd waagrechte Wasserstraßen, in die auf dem Weg über die Scheibe früher oder später so gut wie alles einmündet, was unterwegs ist. Der Regen nimmt jetzt zu, es entstehen noch mehr Straßen, einige veröden auch wieder, weil nicht von einer ausreichenden Anzahl Tropfen befahren und genährt. Ein schöpferisches Durcheinander wie das Leben selbst, nicht einmal mein Magen und meine wehen Knochen können mir das verderben.

Ich denke wieder an Karoline. Ja, ich bin schuld, ich sehe es jetzt mehr spöttisch als mit Selbstzerfleischung. Sie kam von Anfang an ungelegen, ich habe sogar in den Tagebüchern von 1978 und 1980, die jede Kleinigkeit verzeichnen, die Existenz einer Tochter verschwiegen. Weil sie nicht zu meinem beginnenden Husarenritt durch die Welt paßte – ich fing viel zu spät an, Karoline zu lieben. – Nun lese ich weiter. Ich finde auf Anhieb die einzige Stelle, in der Goethe von mir spricht: *»Ein Reuter kommt herangetrabt, er scheint von Geist und Mut begabt.«*

Über dem Buch eingeschlafen, in Jena Saalbahnhof steige ich aus. Eine Übernachtung muß sein, bevor ich Judith sehe, meine Erschöpfung ist zu auffällig. Außerdem möchte ich weiter Regen tanken. Unter meinem neuen Schirm besichtige ich den Bahnsteig. Kleine Dinge sind es, die ich brauche, sie haben meinem allzu strategischen Leben gefehlt. Auf dem mosaikartig gemusterten Bahnsteig wachsen in den Ritzen interessante Pflanzen, vor allem dort, wo Reisende der ersten Klasse ein- und aussteigen. Löwenzahn, Disteln, Getreide, Wollmilchgewächse, werdende Eichen, kommende Welteschen, Goldrispe, Spitzwegerich (ich habe keine Ahnung, wie sie alle wirklich heißen). Was ist das Leben ohne Kleinigkeiten, was sind Kathedralen ohne Moose, Spinnen, Nachtfalter, Dohlen, Fledermäuse? Und wenn die Bahnhofswelt einen Reiz hat, ist es die Mischung aus rostigem Eisen und Vegetation.

Das Taxi spratzt durch Pfützen, die Stadt dampft vor Schattengrün und Feuchte. Teures, modernes Hotel, ich gehe nach erster Visite meines Zimmers an die Bar, merke dort, daß ich keinen Alkohol will, trinke Tee. Hinter dem Tresen eine kluge ältere Dame, die gutes Hochdeutsch spricht, ich nehme sofort an, eine ehemalige Dozentin für marxistische Philosophie und dort besonders Friedrich Engels. Sie telephoniert fleißig, um sich nicht mit einem renommiersüchtigen Schnurrbartbären (gestreiftes Jackett, gestreiftes

Hemd, gestreifter Schlips) unterhalten zu müssen. Tenor: Gründung, Osten, feudal, maximal, der Rest ist egal. Um sie vor ihm zu retten, stelle ich ihr die Frage, ob sie sich mit Differentialrechnung auskenne. Ja, etwas. Wo man sie denn einigermaßen klar dargestellt finde. Bei Hegel, antwortet sie, jedenfalls habe der sie besser erklärt als Leibniz ... Der Gründungsbär trinkt aus und trottet Richtung Zimmer. Ich stelle fest: Die Dame ist nicht Philosophin, sie kommt nur aus einer Familie, in der viel gelesen wurde. Ihr Vater, sagt sie, Medizinprofessor und Bücherwurm, übrigens ein guter Erzähler, habe nur einen Fehler gehabt: Er konnte nicht »Ödem« sagen, bei ihm wurde es zu »Edöm«. Kam bei Examensprüfungen die Rede darauf, gerieten die Kandidaten in Verlegenheit, weil sie ihm weder sein falsches noch ihr richtiges Wort ins Gesicht sagen wollten – sie sprachen daher stets von »Wasseransammlungen«.

Ich gehe ins Bett, nicht um zu schlafen, sondern um möglichst lange zu lesen. Aber selbst wenn ich doch einschlafe, befürchte ich keine Träume vom Zermalmtwerden. Die Angst ist fort, ich weiß nicht, warum das so ist. Es sind die Knochen, die es wissen. Seit meinem Aufwachen im »Gasthaus zur Bahn« zucke ich nicht mehr zusammen, wenn mir Peinlichkeiten einfallen: Es fallen mir keine ein. Und die Uhr schüttelt nicht und rüttelt nicht, sie ist ruhig, freundlich, schön und geht auf die Sekunde genau. Ein Satz fällt mir ein: »Unsere Zeit liegt in deinen Händen.« Natürlich aus der Bibel, in der man nie etwas wiederfindet, die Handlung ist verworren. Ich versuche es anhand der fettigen Nachtkastenbibel des Hotels, aber die werde ich erstens abwaschen und zweitens stehlen müssen, anders komme ich an die gesuchte Stelle nicht heran. Lese noch etwas über »Haschen nach Wind«. Seitenlang ist von »Haschen nach Wind« die Rede. Prediger Salomon.

Verdammt, warum nicht? Warum nicht auf Gott zugehen? Er muß ja seine Gründe dafür gehabt haben, mich so energisch zu retten – ich habe wirklich gearbeitet für meinen Tod, war gut ausgerüstet, habe entschlossen abgedrückt und ohne Zögern alles geschluckt – so viel »Pech« kann nur von oben kommen. Also braucht er mich. Eine alte Idee von mir, daß Gott Menschen braucht, die sich für ihn einsetzen. Und auch das kommt doch nicht von ungefähr. Ole Reuter, ich glaube, dies ist der Beginn einer wunderbaren ... Nein, kein Witz, es könnte sein, daß ich wirklich neu anfange, und diesmal mit dem richtigen Notenschlüssel.

*

Seit Wochen oder Monaten erstmals durchgeschlafen. Vom Segeln geträumt und die ganze Zeit stolz gewußt, daß ich ein kundiger, instinktsicherer Segler bin. Kein Krokodil, keine Hyäne, lauter fröhliche Böen, nichts Böses. Jena, du sollst mein Neuanfang sein – Schluß mit Camouflage, mit multipler Durchtriebenheit und extraordinärem Selbsthaßprogramm! Und sofort Batterien für mein Hörgerät kaufen und einsetzen – wer statt »Sisyphus« »Pfiffikus« versteht, verwahrlost akustisch und bald auch seelisch. Rundgang durchs feuchte Jena. Aus einer normalen Telephonzelle (was ich lange nicht mehr getan habe) rufe ich meine Mutter an. Es dauert jetzt länger, bis sie den Hörer abhebt. Früher spurtete sie beim ersten Klingeln los und erjagte die Anrufer in vollem Lauf.

»Wo bist du, Junge?«

»In Jena. Ich reise wie ein Verrückter mit der Bahn herum. Bis gestern war ich völlig malade, da wollte ich nicht anrufen.«

»Natürlich bist du malade! Für mich sind Bahnhöfe eine Vorhölle, mich wundert, wie du so etwas überlebst. Willst du mich besuchen kommen?«

»Bald! Versprochen. Im Moment ist hier der Teufel los.«

»Aber schreib mir ein paar Zeilen, ich kriege jetzt nicht mehr viel Post.«

»Wollte ich doch, deswegen ruf ich an…« (sehr logisch!) »Übrigens möchte ich dir endlich mal ein schnurloses Telephon…« (abgelehnt).

Mein Bruder hat wieder Bandscheibenschmerzen, nähert sich nach acht Jahren der zweiten Operation. Er trägt »die ganze Last«, würde aber nie ein Gramm davon abgeben.

Judith meldet sich weder im Geschäft noch zu Hause, hatte sie eine Reise vor? Ich versuche es über ihr Handy, es meldet sich nur die Mailbox. Ich möchte jetzt unbedingt nach Hause und Judith beim Schlafen zusehen. Ich liebe ihre Art zu schlafen, und wie sie aufwacht, und den Übergang von der Schläfrigkeit zur Zärtlichkeit. Und die Rose am Fenster, die nie verwelkt, weil ihr, im Wasser so dicht neben so viel Liebe, natürlich Wurzeln gewachsen sind, sie treibt sogar neue Blätter.

Während des Telephonierens lese ich an der Deutschen Bank die aufgesprühte Schrift »Geld macht böse« und weiß im selben Moment, wie ich den Festvortrag in Frankfurt beginnen werde. Auch die Neugier kehrt zurück. Ich wandere um den Abbé-Turm herum, stehe am Burschenschaftsdenkmal von 1883 und belausche ein Gespräch über Verdauungsfragen und Weizenkeimbrote. Gehe durch pfützenreiche Nebenstraßen und morastige Baustellen (das sind die Hauptstraßen).

Stunden später in der Bahn, ich schreibe weiter: In der Sammlung des Kunstvereins sah ich einen winterlichen Garten, gemalt von einem »Alfred Erbslöh«. Neben mir stand eine drahtige junge Frau mit hübschem Kopf und wenig Busen, sie stand etwas gebogen, nach vorne versammelt, ihre Haltung hatte etwas athletisch Sprungbereites und hob sich gegen das Phlegmatische und Defensive anderer Besucher ab. Ihre Haare waren kurz, was heißt kurz, sie bildeten ein Stück englischen Rasens, allerdings war nur ein Streifchen davon grün, alles andere pechschwarz. Vorsicht, dachte ich, schwarzhaarig. Hier lauerte die Gefahr des Schmachtens: Die Träume. Mein Typ.

Sie folgte meinem Blick, als ich wieder auf den Erbslöh schaute, und sagte: »Ja, ich wundere mich auch schon. Der heißt doch mit Vornamen Adolf? Sind Sie aber blaß!«

»Sie müssen im Zeichen des Stiers geboren sein, habe ich recht?«

»Nein«, sagte sie, »Schütze.«

»Kann gar nicht sein, Ihre Mutter hat Sie falsch geparkt!«

»Und Sie schreiben uns jetzt den Strafzettel aus?«

Wenig später saßen wir in einem Café am Engelplatz (früher vermutlich Engels-, vgl. Adolf) und erzählte dem Bubenkopf alles. Ja, alles! Vielleicht, weil die Ohren durch diese Frisur so besonders aufnahmebereit erschienen, es waren hübsch durchrötete, gespitzte Öhrchen. Die Besitzerin hieß Marlene. Sie war an Jahren gar nicht so jung: knapp vierzig, dreimal geschieden, Nachname immerhin nur doppelt, kam aus Magdeburg, auf der (veralteten) Visitenkarte stand »Leiterin, Referat für Grundsatzangelegenheiten« (»Aber die Adresse stimmt noch!«). Heute macht sie eine Ausbildung zur Heilpraktikerin, schreibt Gedichte und organisiert ein Kulturkino (»weil da ja auch Gelder fließen«). Ich weiß jetzt von ihr, daß sie stark im Analysieren ist. Sie weiß (fast) alles von mir: Ich lebte, sagte sie, von Einfällen, könne auch an ihnen sterben. Ich fühlte mich erkannt und hatte sofort einen Einfall: daß der schöne Bubenkopf mich mit einem Lächeln würde töten können. (In dem Moment ging mir auf, daß das, was ich manchmal für »meinen Typ« halte, eine Todesgöttin sein muß. Jedenfalls sieht diese, wenn ich sie mir vorzustellen versuche, meinem »Typ« ähnlich.) Ich brauchte, sagte Marlene weiter, Freunde, deren analytischer Verstand schärfer sei als meiner (Volltreffer!). Sie riet mir, mit Judith zusammen nach Sri Lanka zu reisen (weiß also, daß Judith zu diesen Freunden gehört). Wir sollten Ari besuchen, mit ihm sprechen, ihm nötigenfalls helfen. Erst antwortete ich: »Klingt mir zu sehr nach guter Tat!« Aber je länger ich darüber nachdenke, desto klarer wird mir, daß an ihrem

Einfall etwas richtig ist: Ich sollte, und sei es für kurze Zeit, das System »Netzkarte« verlassen und etwas lernen.

Unterbrechung – meine Uhr rüttelt nun doch wieder an mir, und das, während vom Lernen die Rede ist. Ich komme noch dahinter, was der Kobold von mir will! Aber auch er schreckt mich nicht mehr. Das Leben liegt wieder vor, nicht hinter mir. Keine Ahnung, wieso – ich habe irgendeinen Schritt gemacht, Mut bewiesen, auch wenn ich nicht genau weiß, wie. Ich fühle mich in meinem Körper wohl, nichts zuckt, nichts zerrt oder drückt. Ich habe Vorfreude auf alles, was zu ändern ist, kann aber auch mit ruhigen Nerven auf das warten, was sich als unabänderlich herausstellen wird. Es ist gut, alles ist gut, daran habe ich keinen Zweifel. Male mir genußvoll mein künftiges Leben aus. Kein »Beraten« mehr wie bisher, kein Haschen nach Wind, fort vom Wortemachen und von der Hohlheit, die ständig mit Alkohol gefüllt werden mußte. Stehenbleiben, bekennen! Zurück zur Kindheit und jener Sammlung, die der Gipfelstürmer braucht, um die letzten Meter zu schaffen. Weg mit der Raschheit, die irgendwo immer auf einen Diebstahl hinausläuft. Mit Judith wieder lachen wie früher – Lachen kommt vom Bekennen! Ich habe die Hotelbibel geklaut, mit einem Brillenputztuch gereinigt, und jetzt suche ich weiter nach dieser Stelle – ja, welcher? Vergessen. Wie war das mit Saulus? Ich denke, er könnte plötzlich über sich selbst gelacht haben, das war der Beginn von Paulus. Wenn »Gott dienen« hieße, das Lachen wieder zu lernen, wäre es einen Versuch wert. Wenn ... !

Berlin. Das Büro quillt über von Post und Faxnachrichten, Judith ist nicht da. Auf dem Anrufbeantworter nur Unangenehmes, dazu lauter Unbekannte, die deutlich stolz darauf sind, ihre Telephonnummer unnotierbar schnell herausschnarren zu können. Ich drücke mich davor, auch nur einen Brief aufzumachen, schiebe den Fax-Müll hinter den Bücherschrank und lasse auch die E-Mail ungeprüft, schalte den Computer gar nicht erst ein. Wo ist Judith? Nun, ich hatte ihr gesagt, ich käme vor einem Monat nicht zurück, habe mich also nicht zu wundern. In der Küche finde ich den Brief (»Für den Fall, daß Du doch früher zurückkommst«): Sie sei für zwei Wochen in Paris. Judith und Paris – sie ist so oft dort, wie sie irgend kann, das ganze Modegeschäft ist nur ein Vorwand für Paris! Ich gehe in den Laden. Eine adrette junge Frau, die mich irgendwie ein wenig an Hertha Theinig erinnert, aber auch an diese Marlene Soundso-Soundso aus Jena bzw. Magdeburg, sie vertritt Judith aufs freundlichste, heißt allerdings Sabine.

Gut! Dann allein! Ich packe um, lasse die Hälfte meines Krams hier. Weg mit Laptop, Diktaphon und Wiedergabegerät, Pistole sowieso, Radio, Whisky, Gedächtnisbücher, vollgeschriebene Blätter und Hefte. Unglaublich, wie wenig ich jetzt noch mitnehmen muß. Neu ist nur das Sonnenschutzmittel. Ein einziger Koffer! Zwei Anrufe, und ich habe sowohl den Flug (Air Lanka) als auch das Hotel südlich Colombo (irgendwas mit »Beach«, unwichtig, will es gar nicht sehen). Küchentisch-Nachricht an Judith: »Hallo. War da. Fliege nach Sri Lanka (mit Ari reden), schreibe von dort ausführlicher. – Kuß, Ole.«

Lese noch einmal in meinen Notizen ab dem Emscher-Totenreich bis Laufen. Auf was für einer Ebene war ich da? Kann mich nicht mehr zurückversetzen, verstehe es nicht einmal, meine oft auch Absätze vor mir zu haben, die ein Fremder geschrieben hat – mir fehlt jede Erinnerung.

Also vier Tage Sri Lanka! Abflug von und Rückkehr nach: Frankfurt am Main. Nach der Rückkehr werde ich dort meinen Vortrag hinlegen – und dann mit der immer noch gültigen Netzkarte nach Berlin fahren.

Danach: vom Saulus zum Paulus, oder wenigstens der gewandelte Scrooge aus Dickens' »Christmas Carol«.

*

Ich fasse es nicht, er wird fromm! Gott will er dienen (der alte Holzweg)! Man kann ihn keinen Moment aus den Augen lassen. Gestern wollte er ein zweiter Linné werden, Mikroskope erwerben und Staubfäden zählen, heute gibt er sich als neuer Paulus – na Servus! Und dazu die plötzliche Anfälligkeit für die Einflüsterungen Dritter: Ich wähnte ihn in Jena außer Gefahr, sah mir vor der Abfahrt (weil mich der Kunstverein nun eben nicht interessierte) kurz noch die Stadtkirche Sankt Michael an, deren Altar auf einer alten Straße steht (darüber mehr, wenn wir uns droben sehen). Natürlich trifft mein Klient Sekunden später auf die bekannte überzeugende Person aus der Firma und gehorcht ihr aufs Wort! Kann mir nur ungefähr denken, wovon die Rede war, er hat es nicht aufgeschrieben (auch das ist neu). Der übliche Jungbrunnen-Effekt, nichts tut ihm mehr weh. Jetzt also nach Sri Lanka, der Buße wegen oder was. Und ich? Der Indische Ozean ist mir völlig wesensfremd. Hoffentlich wird der Kerl, es ist ihm zuzutrauen, binnen weniger Tage zum Hindu oder Buddhisten. Dann sollen sich andere um ihn kümmern – und er käme nicht in unsere »Phase vier«.

Mir kommt ein Verdacht, warum er sich (unter anderem) hat umbringen wollen – es könnte sogar der Schlüssel zur ganzen Moritat sein: aus der Angst, ja Gewißheit heraus, in Kürze das Gedächtnis, den Verstand und sich selbst zu verlieren! Bisher klammerte er sich stets an die Option, solchen Mißhelligkeiten durch den »Frei«tod zu entgehen. Nach der Nacht am Salzachufer scheint ihm aber das Sterben problematischer geworden zu sein, überdies unbequem. Er sieht seinem Verdämmern jetzt mit mehr Ruhe entgegen, zumal er ja denkt, er könne sich (mit seinen absehbar schwächer werdenden Kräften) schnell doch noch bei Gott beliebt machen und unterm Schlußstrich eine akzeptable Performance vorweisen. Ahnt freilich nichts von »Phase vier«. Ich verbessere: Er ahnt sie. Aber er ist noch nicht für sie gerüstet.

Fünftes Kapitel
Enteuthen

Ole an Judith

Judith, schönste aller Katzen, spazierst Du noch über die Pariser Dächer?

Ich sitze in einem sehr englischen, ehrwürdig vergammelten Liegestuhl auf einer winzigen Insel, sie heißt Yakiniye Duwa (»Teufelsinsel«!), trägt nur ein einziges Haus, und dies habe ich für zwei Tage gemietet. Es ist eine Villa, besser ein Schlößchen mit Eingangshalle und zerschlissener, dennoch stolz wehender englischer Flagge – die Insel gehört angeblich einem alten Lord, der selten da ist. Es hat etwas von der Hauptinsel im Computerspiel »Myst«: menschenleer, aber auf die hoffnungsvollen Menschen hinweisend, die all das gebaut haben müssen. Unter verschiedenen Sorten von Palmen durchwandert man, hoch über dem Meer, einen wildbunten Garten. Ich versuchte in der Bibliothek (in welcher die Naturkunde dominiert) die Namen einiger Blumen herauszufinden. Eine heißt Ipomoea cairica, englisch »Railway Creeper«, auch »Porter's Joy« oder

»Morning Glory«, weil die Blüten sich am Nachmittag schließen. Mich wundert, wie sie auf die Insel gekommen ist, sie soll sonst nur auf Bahnhöfen zu finden sein. Ich beobachte Taschenkrebse in den Klippen, Libellen, seltsame Spinnen, bin heiter und dankbar, schreibe mir Fragen auf. Da sind Ameisen, die absterbenden Bäumen bis hoch hinauf eine neue Rinde aus Erde bauen und dann mit drunter wohnen. Gibt es eigentlich eine Ameisenkönigin? Auf der Balustrade sind winzige Spinnen, die pfeilschnell dahinhuschen, dann wieder für Sekunden reglos verharren. Ein Täuschungsversuch, vermute ich: Sie versuchen für mein Auge auszusehen wie Blättchen und Krümchen, mit denen der Wind spielt. Über der Insel kreisen Rabenschwärme, ab und zu ein Raubvogel, bei Einbruch der Dunkelheit dicke Fledermäuse, fast Flughunde. Abends gehen im Garten die Lampen an, und die Spinnen, die ihr Netz dran gebaut haben, werden verrückt ob all der zappelnden Beute. Die obere Linie der fernen Küste besteht aus Palmen, und die höheren von ihnen sehen aus wie hoch in den Himmel gereckte Windräder. Es gibt im Haus zwei Boys, die unsichtbar sind, außer wenn ich Tee wünsche. Hin und wieder prasseln Regenschauer herunter. Dann liege ich auf der Terrasse, schaue ins solide Vordach über mir und lasse meine Wünsche Fahrt aufnehmen. Die Ziegel heißen »Barampola tiles« und sind aus einem nicht weit entfernten Ort namens »Wennappuwa« (die Schrift ist in jeden Ziegel eingebrannt). Diese Namen verbinden sich mit den neuen Ideen über das Leben – ich entwerfe eine Theorie, nach der es Gott und Engel, aber keinen Teufel gibt – er ist nur eine Ausgeburt der Phantasie, deren sich Gott und Engel allerdings bedienen können, um Menschen zu führen. Jeder Mensch hat seinen eigenen Engel. Wenn der einmal nicht weiterweiß, nimmt er mit anderen Engeln eine gedankenschnelle Verbindung auf (E-Mail, im Englischen A-Mail). Wenn alles fertig ausgedacht ist, werde ich es »die Botschaft von Wennappuwa« nennen. Mein Engel, Barampola mit Namen, sorgt dafür, daß mir nichts passiert, auch nicht zu Hause zwischen Havel, Emscher und Salzach.

Die erste Nacht verbrachte ich in einem Luxushotel am Strand, den man aber nicht betreten kann, ohne daß sich eine Traube von Bettlern, Dienstwilligen und Souvenirhändlern an einen hängt. Kopfschütteln nützt nichts, im Gegenteil: das bedeutet hier nicht »nein«, sondern »ja«. Auch im Hotel wird man vor Entscheidungen gestellt. Der Zimmerboy fragt: »You lonesome wanta Boy – not expensive!« Morgens lichtete ein Schweizer mit der Videokamera das gesamte Frühstücksbüfett ab, verewigte damit wohl sein schönstes Ferienerlebnis. Vielleicht war es aber seine einzige Möglichkeit, das Büfett zu genießen, weil er sich ayurvedischen Fastenkuren und Anwendungen verschrieben hatte – ein von deutschen Reisebüros und singhalesischen Kleingurus inszeniertes Brimborium aus Ölmassagen und Kräuterbädern, mit Krankheitsdiagnosen per Pulsfühlung – sehr geeignet für kaputte Europäer mit letzten Hoffnungen.

In einem Mietwagen brach ich in Richtung Weligama auf, um Ari zu suchen. Der Verkehr ist sehr uneuropäisch, er funktioniert chaotisch, mit viel heiterem Gehupe und wenig Unfällen.

In Ambalangoda gibt es ein Maskenmuseum. Die Darsteller bei den rituellen Tanzspielen tragen die Masken von guten Geistern, aber auch Teufeln. Bei letzteren streckt sich oft eine Kobra über Nase und Stirn, ein menschenähnliches Antlitz, aber von der Schlange besessen. Mir wurde erklärt, diese Teufelsmaske sei, richtig angewandt, ein Mittel gegen Blindheit. Es gibt auch die Maske des Menschen, der nicht weiß, was für Kräfte ihn lenken. Eine Art Narrenrolle: gesund, gutmütig, töricht, ohne Ahnung kommenden Unglücks.

Die Einwohner sind zierlich und oft sehr schön, Frauen wie Männer, von den Kindern zu schweigen. Wieso die schönsten Menschen der Welt so arm sind, wundert irgendwie, obwohl man einsieht, daß das Klima nicht zu harter

Arbeit ermuntert. Wunderbar, wie und was sie alles auf Fahrrädern fortbewegen: bellende Hunde, Marktwaagen (je eine Schale baumelt rechts und links), Schwertfische, Tuchballen, Ziegelsteine, Papageien mit und ohne Käfig, Tanzmasken en gros. Sie sind, von uns aus gesehen, wirklich unglaublich arm, hausen oft in aus Palmblättern geflochtenen Hütten (was dadurch gemildert wird, daß es keinen Winter gibt). Deckchen liegen über alten Obstkisten, an der Flechtwand hängen postkartengroße Kitschbildchen, ein Haufen mühsam gesammelter Gebrauchtziegel kündigt an, daß an dieser Stelle ein bis zwei Generationen später ein Haus stehen wird.

Im äußersten Norden herrscht der Tamilenkrieg, Terror und Antiterror, man will es lieber nicht genau wissen. Ein Land, wo du nichts richtig machen kannst: Fliege hin, und es ist falsch. Fliege nicht hin, und es ist auch falsch. Gib jemandem wie Ari so viel Geld, wie du gern möchtest – es ist ein Fehler, weil es ihm den Neid und die Feindschaft des ganzen Dorfs einbringt. Gib ihm wenig, und es macht dich selbst nicht glücklich.

Ari ist zu verstehen. Er wollte um jeden Preis in Deutschland bleiben, und Heirat ist es nun mal, die das ermöglicht. Nach seiner Rückkehr hat er hier erzählt, er habe in Deutschland viel Geld verdient, aber alles am Spieltisch verloren –

er bat mich gleich, diese Version nicht zu zerstören. Er studiert in seiner Palmhütte, halte Dich fest, »Management«! Ein ruhiger, kluger Kerl, er nimmt mir nichts übel, gibt mir sogar recht (natürlich auch, weil er weiß, daß ich ihm helfen könnte). Es ist hier nicht ehrenrührig, wenn ein junger Mann alles versucht, um wegzukommen nach Europa, und es ist aber ebenso in Ordnung, wenn ein Vater versucht, seine Tochter zu schützen. Über Karolines Tod ist Ari sowohl höflich-traurig als auch wirklich traurig – das genaue Mischverhältnis ist schwer zu erkennen. Es war wohl keine besonders gute Idee, ihn noch einmal aufzusuchen.

Ich wundere mich überhaupt, warum ich nach Sri Lanka geflogen bin. Dieser Ari – er war kein Schlüssel zu gar nichts! Es ist, als habe irgend jemand mich mit einem guten Argument für eine Woche aus meinem Bahnnetz entfernen wollen. Warum und wozu? Um etwas zu prüfen? Um mich zu testen? Dann nehme ich an, daß ich den Test bestanden habe, und vergesse ihn.

Wenn ich zwischen meinem Hirn und den »Barampola tiles« die Augen zumache, sehe ich etwas, was ich aus der Kindheit kenne, aber vergessen habe: Die Innenseite der Augenlider ist eine Art Kinoleinwand. Leg den Arm über die Stirn und die geschlossenen Augen, lockere nach einiger Zeit die Lider ein wenig (ohne sie zu öffnen), so daß etwas mehr Licht eindringt. Aus einem winzigen hellen Punkt heraus formen sich immer wieder neue Figuren, erst nahezu geometrisch, dann sich verbreiternd, sie werden dunkler und rauchiger, ich sehe dann Gesichter und Gestalten wie aus Elfenbein: Das Gehirn entscheidet rasch und »erkennt« Vögel, Bäume, Paläste, Menschen, die sich mir irgendwann eingeprägt haben. Du kamst auch vor, es tauchte aber auch Unbekanntes auf. Das Ganze hat eine Verwandtschaft mit dem Zigarrenrauchen, bei dem die davonziehenden, sich auflösenden Kringel so wichtig sind. Es eignet sich aber besser zum Einschlafen, weil die Gefäßverengung durch das Nikotin fehlt und also die unbarmherzige Sprachmühle Pause hat. Bei einer guten Zigarre habe ich früher oft gedacht, daß es bei mir zum Faust reiche (sprachliche Macht, kriegt jeden und jede herum, anschließend mit einem Ticket erster Klasse zur Hölle). Es reicht nicht, und ich bin froh darüber.

Morgen reise ich ab und fliege zurück. Werde Dich anrufen. In Frankfurt muß ich etwas über Europa, Finanzmarkt und Innovation von mir geben. Ich frage mich noch, was. Aber ich habe jetzt eine neu-alte, genauer gesagt: kindliche Freude daran, unverständlich zu sein. Wer bekennt, findet den Bruder. Bekenntnisse sind allen Zufallspassanten unverständlich, also in der

Regel der gesamten Umgebung. Wer das weiß, bekennt ungenierter. Daß Du mich liebst, versteht ja auch niemand. Ich aber.

Der Liegestuhl hat am unteren Ende geschwungene Holzflügel, die man nach Gusto drehen kann, um die Füße hochzulegen. Großes altes England: sie haben sich zu ihren ruhebedürftigen, schlecht durchbluteten weißen Körpern bekannt. Wann ist bloß diese Zigarre mal zu Ende, meine Hände zittern schon. Der Boy bringt Tee.

In Liebe Dein Ole.

*

Frankfurt. Zehn Minuten vor meinem Auftritt. Ich sollte mir Stichworte aufschreiben, denn ich habe mich noch immer nicht vorbereitet, weiß so gut wie gar nicht, was ich sagen werde; außerdem will ich zum ersten Mal im Leben eine Rede halten, ohne mir vorher einen hinter die Binde zu gießen. Im Saal sitzt man bereits. Ich habe diesen Werner oder Rainer aus dem Intercity gesehen, er ist immer auf der Suche nach Blamagen, an denen er sich weiden kann. L. und P. sind auch da, sie nickten mir feindselig zu. Einige Bosse von der K. sind gekommen, vermutlich weil sie fürchten, ich könne bei dieser Gelegenheit auspacken. Es ist, auch nach meinen Maßstäben, ein schlimmes Publikum, lauter alte Männer, die einander noch einmal richtig weh tun wollen, bevor sie sich davonmachen, Menschen mit Herzen wie Grabplatten. Hier gibt es Leute, die können präzise ihren Kontostand träumen, sonst nichts. Als »Unterlage« werde ich mir die Hefte mit den Reisenotizen aufs Pult legen. Ich höre jetzt, wie im Saal der berüchtigte Konsul Greentouch seine sirenenartige Krisenlache einübt, sie wird wohl den ganzen Vortrag begleiten, aber ich habe keine Angst. Ich habe nicht mehr den Wunsch, verstanden zu werden, werde daher nicht leiden, wenn man mein Bekenntnis für Unsinn hält. Jetzt kommt die Dame von der Organisation, eine lange schwarze Amerikanerin namens Linda …

*

Jahrelang habe ich Ole Reuter nicht mehr gesehen, und jetzt binnen weniger Tage zweimal, vorige Woche im Intercity, heute als Eröffnungsredner auf dem Frankfurter Kongreß! Seinen Vortrag ließ ich mir nicht entgehen: Es hat mich schon immer amüsiert, wenn Reuter mit effektvoller Rhetorik Unsinn verbreitete. Diesmal übertraf er sich in jeder Hinsicht selbst. Früher glich er einem geschnitzten Kaspar, aus dem die Stimmen der wirklich Großen heraustönten –

unter den Papageien ist er gewiß der Raffinierteste; diesmal schien er selbst hörbar zu sein. Worauf er hinauswollte, war allerdings nicht erkennbar, zumal er kaum über den Finanzmarkt und nur ganz vage über Innovation sprach. Er plauderte auch nicht (wie man bei der Kommission nach seinem Ausscheiden aus der Brüsseler Clique befürchtet hatte) aus dem finanzpolitischen Nähkästchen, sondern verkündete, die meisten Menschen befänden sich in einer persönlichen Führungskrise, welcher charttechnisch nicht beizukommen sei, nur die fundamentale Analyse könne helfen. Er stellte die Frage, ob Geld böse mache oder ob es eher die Waffe der emotional Zukurzgekommenen sei, verneinte beides, schien mit Ausführungen über den Verfall des Erinnerungsvermögens eine Art Synthese herzustellen, rief dann, sehr bedenklich in so einem Kreis, zur Wiederentdeckung der Dankbarkeit auf, bezeichnete die Schöpfung als »Ur-Investition« und forderte mit offensichtlich guten Nerven, die Heilige Schrift müsse neu formatiert, auch mit einem besseren Layout versehen werden, außerdem seien die Bibeln des Tagungshotels fettig und alles andere als keimfrei, »um das hier gleich mal deutlich zu sagen«. Er ist, so vermute ich, im Begriff, verrückt zu werden.

Etliche seiner Gedanken waren derart ausgedehnt, daß man im dicken Nebel nur ihre vordersten Partien erkennen konnte. Eben dadurch blitzten einige Sätze hell genug auf, um Teile des Publikums wirksam zu verärgern, etwa die Termingeschäfts-Gemeinde: Daß Optionsscheine sich, weise bemessen, als »Abrundung« eines Aktienbestands eigneten, tat er schmunzelnd ab: Man kenne diese Sorte Weisheit von Glücksspielern. Auch der Gewohnheitstrinker stecke mit entschlossener Miene den Korken auf die geöffnete Flasche, um sie wenig später um so zuverlässiger auszusaufen. Den Vermögenden sagte er, Geld könne keine Macht schaffen, jedenfalls nicht ihre paar Milliönchen im Depot; wer wirklich Macht ausüben wolle, möge sich um Anschauungskraft bemühen und die Fähigkeit, auf die Fragen anderer zu antworten – das bringe übrigens *auch* Geld. Die Karrieristen erfuhren, es sei wie beim Fundbüro: ohne *lost* kein *found*; nur wer wisse, daß er letztlich verlieren werde, könne zu sich selbst finden. Gott, das sei ein starker *looser*. Und ich sage: Reuters Rede war starker Toback.

Einige Sätze kann ich aus dem Band meines Diktaphons erschließen, welches mitlief: »Wir haben die Globalisierung und eine Welt, die durchweg dasselbe miserable Englisch spricht. Aber wie ist die Situation? Immer mehr Völker hassen einander, wir können uns das wohl wieder leisten.«

»Das älteste unter allen Medien ist das Gerücht, es beherrscht bis heute alle, die nach ihm kamen.«

»Liebe überwindet unsere Blindheit, weil sie die Optik ändert, weil sie die Brennweite verlagert. Daher ist Liebe vor allem die Fähigkeit, diesseits und jenseits der üblichen Tiefenschärfe – *wahrzunehmen*!«

»Nicht der Wille des Menschen ist schwach, vielmehr ist sein Zweifel stark an dem, was er sich vorgenommen hat. Das ist, isoliert gesehen, erst mal ein Stück Intelligenz.«

»Ihr seid keine üblen Menschen, ihr alle hier. Der eine ist ein bißchen hölzern, der andere bißchen knöchern, und einer lacht Alarm wie eine New Yorker Polizeisirene. Wieder andere lehnen sich angesichts jeder drohenden gedanklichen Arbeit zurück und träumen exakt ihren Kontostand. Wenn ihr wüßtet, was ich von draußen, was ich aus Wennappuwa mitgebracht habe, ihr würdet anders leben, anders handeln, mit eurem Geld mehr Glück erleben, auch mit oder ohne Geld mehr Glück *verbreiten*!« Wonach er auf irgendwelche zu schützenden Sandlaufkäfer in der Lausitz zu sprechen kam und, wenn ich nicht irre, einen »Flußregenpfeifer«, ich notierte auch die Namen von Pflanzen wie »Totenrispe« und »Morning Glory« (der zuliebe die Eisenbahn erhalten werden müsse).

Unter Naturschutz stellen wollte er auch die untergehenden Tugenden des Unternehmers, welchen er vom Manager und auch Berater (»das sind alles Derivate«) strikt zu unterscheiden suchte. Die Manager mußten hören, sie seien gar nicht in der Lage, Erfolge zu planen und herbeizuführen, sondern kämen zu neunundneunzig Prozent mit Glück gerade so über die Runden (wie andere Menschen auch). Wer wirklich führen wolle, müsse sich erst einmal selbst von Bildern führen lassen, *imagines agentes* nannte er sie (spricht überhaupt gern Latein), wichtig sei dabei das *enteuthen*, das Hier, von dem aus man aufbreche, *exelaunei* (spricht auch gern Griechisch), und das Ganze sei eine Frage der Navigation (ist mal auf dem Atlantik gesegelt).

Kam von da aus übergangslos auf Korruption zu sprechen – sie sei wirtschaftlich eine Zumutung, weil sie alle behördlichen Maßnahmen entsetzlich verzögere – in einen Staat mit korrupter Administration zu investieren sei rausgeschmissenes Geld.

Hier bekam er Beifall, machte aber gleich wieder alles zunichte: »Behalten Sie im Auge: Das Leben ist kurz und unsicher! Sicherheit müssen Sie selbst herstellen in Ihrer Seele, niemand anders kann das tun. Sterben müssen Sie in jedem Fall, sogar wenn Sie alles richtig gemacht haben. Wozu also all das Haschen nach Wind? Lesen

Sie's nach beim Prediger Salomon! Die Menschheit besteht zu über neunundneunzig Prozent aus Personen, die gern betrügen oder gern betrogen werden. Ehre besteht darin, beides zu vermeiden.« Kein Zweifel, dieser »Corporate-Identity«-Dekorateur fühlt sich als Apostel.

Er kam dann unversehens auf Faust, der von Goethe (sehr deutsch, meint er) verkannt und unzulässig veredelt worden sei. Faust sei keineswegs Wissenschaftler, Städtegründer oder auf Wahrheitssuche gewesen, sondern ein Scharlatan, der mit glitzernden Scheinwahrheiten an Macht und Frauen herankommen wollte. Ein als Theologe auftretender Sprücheklopfer, Ablaßhändler, innovativer Wertpapieremittent und *Marketmaker*, immerhin kreativ.

Irritiertes Gelächter der Zuhörerschaft begleitete die ganze Rede, am penetrantesten hörbar die Lache des Konsuls Greentouch mit seinem Kreissägenfalsett. Am Schluß ein höflicher, rasch ersterbender Beifall all der Ratlosen. Was war das bloß gewesen? Eine Aschermittwochspredigt? »Doktor Fausti Weheklag«? Ich bin mir nicht recht schlüssig: Sind wir den Mann nun endlich los, oder gründet er eine Sekte für Unternehmer, schlimmer noch, ein sektenähnliches Unternehmen?

Ich ging zu ihm und sagte: »Du kannst es also noch.« Womit ich meinte: unterhaltsam reden, selbst in großer Isolierung und bei beginnender geistiger Umnachtung. Ich bat ihn aus purer Bosheit um das Manuskript, es gab natürlich keines. »Danke, Rainer«, sagte er gerührt. »Werner!« antwortete ich störrisch und hieb ihm auf die Schulter. Er schlug sich die Hand gegen die Stirn.

Dann kam ein Mönch, jawohl, ein Mönch mit Kutte und Kordel, Organisator eines Schulungsklosters für Manager, und sagte, er fände es interessant, die Schöpfung als Gottes Ur-Investion oder Anstoßfinanzierung zu sehen, man könne sogar vom irdischen Termingeschäft sprechen. Als nächstes ein Kleiderschrank mit Wabbelkinn, der seine Aggressivität nur mühsam bändigte, das Kinn zitterte: »Wenn wir nun also den sogenannten Armen helfen – darf ich doch mal fragen, wie sich das rechnen soll, mein Herr?« Hier hatte ich weiter nichts zu sagen. Ich zog mich zurück, zumal mein Interesse sich jäh verlagert hatte: Es gab da eine imposante Schwarze namens Linda, und sie kannte das Wort »Äppelwoi« noch nicht.

*

Keine Nachwirkungen, keine inneren Aufschreie, wenn mir Formulierungen von gestern ins Gedächtnis kommen. Auch wenn ich das eine oder andere noch hätte sagen können – im Grunde habe ich das Richtige gesagt und kann jetzt eine ganze Weile schweigen. Im Traum keine bissigen Bestien weit und breit – ich fuhr friedlich auf einem Damenfahrrad über den Bodensee.

Sitze im Intercity. Diesmal werde ich Berlin nicht nur berühren, sondern genießen. Oft genießt man etwas allein deshalb, weil man mit ihm umgehen kann, ich bin gelernter Berliner.

Inzwischen wird Judith meine Hemden abgeholt haben. Ich höre einen Dialog aus den letzten Jahren: »Die waschen die Hemden zu heiß, sie laufen ein!«

»Sie laufen nicht ein, du hast zugenommen!«

»Doch nicht am Hals! Das soll Kragenweite 45 sein? Das ist 42, höchstens 43!«

»Ist es auch immer gewesen, sieh selbst, hier steht's. Du hast zugenommen!«

Sehnsucht nach Judith. Und ich bin gespannt, was sie jetzt sagen wird.

Freue mich wie ein Kind auf seiner ersten Reise. Meine Netzkarte ist noch gültig: Acht Tage sind geblieben. Um eine Entscheidung zu treffen, steige ich in Magdeburg aus, telephoniere mit Judith. Ja, sagt sie, es mache ihr nichts aus, wenn ich noch ein paar Tage weg bliebe – sie fliege gerade nach New York. Aus Gewohnheit kommt mir der häßliche Gedanke: Betuchter Liebhaber, Treffpunkt mal Paris, mal New York. Neben mir ist ein Abfallkorb – ich klebe den eifersüchtigen Gedanken feierlich an seinen Innenrand.

Mir paßt es auch ganz gut: Was mir fehlt, ist eine Art Abschied von der Bahn. Denn daß ich in diesem Leben noch einmal mit einer Netzkarte kreuz und quer fahre, glaube ich nicht. Der *Railway Creeper* muß seinem Reich Lebewohl sagen.

Ich will sehen, ob jetzt unbefangene und normale Gespräche möglich sind. Ich habe entdeckt, daß es auf den Mut zur freundlichen Unverständlichkeit ankommt – also könnte es gehen. Solange ich daran festhielt, daß jeder mich verstehen müsse, paßte ich oft vor Zorn und Protest nicht mehr ins Jackett. Die Welt wird weder durch Verständlichkeit noch gar durch Rechtstitel regiert. Sie lebt aus Sympathie und Antipathie in unzähligen Variationen.

*

In Magdeburg dachte er, seltsam nervös, an Marlene, die Kurzhaarige, ausgebildet in Grundsatzangelegenheiten, Naturheilkunde und dem Vorführen von Filmen, und ausgestattet mit einer etwas unheimlichen Überzeugungskraft. Sie wohnte hier, ein Griff zum Telephon ... Nein, er wollte nicht, da wehrte sich etwas in ihm: Vielleicht schickte sie ihn beim nächsten Mal noch weiter fort. Er versuchte sich lieber an etwas zu erinnern, was ihm gegen Marlenes Magnetismus half, einen völlig erfreulichen, aber unmagnetischen Menschen, ein Gespräch. Und da fiel ihm diese vergnügte Cherokee-Indianerin ein, damals Kellnerin in Seelze bei Hannover. Warum nicht nachsehen, ob es sie noch gab? Er fuhr also nach Hannover, um Seelze, dort das Lokal und in diesem eine lustig mit den Hüften wackelnde Indianerin zu suchen. Wer sich verabschieden will, muß wiederfinden.

*

Zwei Tage später. Bis jetzt nichts geschrieben, die reinste Erholung. In Seelze nichts gefunden, schon gar nicht die Indianerin. In Hildesheim übernachtet, keine Träume, viele Gespräche im Zug, sie ergaben sich mit Leichtigkeit. Neu herausgefunden, was ich im Grunde wußte: Es ist eine Frage des Blicks. Nicht des Blicks in jemandes Augen, sondern des gemeinsamen Blicks auf interessierende Dinge. Wer verlernt hat, seine Augen auf etwas ruhen zu lassen, kann kein Gespräch beginnen, lädt auch zum Gespräch nicht ein. Zweitens mein ehemals notorischer Widerwille gegen Menschen, der mich daran gehindert hatte, von irgend jemandem Interessantes zu erwarten: Er ist, ich weiß nicht wodurch, verschwunden. Ich hege die alte Zärtlichkeit für Land und Leute. Aus der Dankbarkeit für frühere

Gespräche wird eine größere Bereitschaft zum Gespräch jetzt.

Daß Gott nur die Erinnerung an all das Gute ist, was uns passiert ist, glaube ich nicht. Aber er ist es sicher *auch*. Man wird freundlicher und beholfener. In störrischen Fällen hilft ein Trick: Sobald ich in einem bitteren, feindseligen Erwachsenen das Kind wiedererkenne, das er gewesen sein muß, bringe ich Sympathie auf.

Bei Hildesheim, mit Blick auf eine Pappelallee, entstand die Frage, ob Alleen der Schönheit wegen angelegt worden seien. Die alte Dame (außer mir der einzige Mensch in der ersten Klasse) kannte sich mit den Straßen früherer Jahrhunderte aus: Nein, sondern weil Bäume mit ihrem Wurzelwerk den Straßendamm fester machten, ferner dem Boden Wasser entzögen. Die große Plage auf den alten Straßen sei der Schlamm gewesen. In Sumpflandschaften habe man lombardische Pappeln gepflanzt – die seien am durstigsten.

In der Gegend des Jadebusens erklärte mir ein Pastor, das Harmonium sei ein zu Unrecht verrufenes Instrument. Leider habe man vor hundert Jahren abgrundschlechte Massenware gebaut, die Abneigung sei also begründet. Er hingegen habe ein gutes. Ob ich es hören wolle? Ich lauschte also (nicht ganz überzeugt), saß mit der Familie am Mittagstisch (es wurde gebetet, aber das war mir nicht peinlich), und der Pastor bot mir anschließend im Arbeitszimmer eine Zigarre an. Ein Brief auf dem Tisch trug im oberen Teil das Wort »Liebesbrief«, nach dem Aufstehen wurde es zu »Landesbischof«. Ich lernte, daß der Jadebusen erst im Mittelalter durch eine Flutkatastrophe entstanden sei – Einbruch des Meeres in umdeichtes Gebiet.

Was man durchs Gespräch erfährt, ist des Merkens allemal würdiger als Nachrichten aus der Zeitung. Glückliche Funde, selbst ergattert, haften auch besser. Wie etwa die Sätze über die Unke – das war kurz vor Kassel. Ein junger Mann, aussehend wie Alain Delon als eiskalter Engel, klaut mir die Zeitung, während ich draußen bin. Entschuldigt sich nicht, liest weiter. Ich verzichte auf Vorhaltungen, suche lieber herauszufinden, was ihn so sehr interessiert. Der Wirtschaftsteil! »Schlechte Aussichten für Firmengründer« – der Staat und die Banken seien zu verständnislos. Mit dem Satz: »Also lieber doch nichts gründen!« eröffne ich das Gespräch.

»Die unken bloß! Wer was will und dazu steht, kommt auch durch.«

Ich habe nicht erfahren, ob er selbst etwas gründen wollte und was. Zweifellos wußte er aber über Unken mehr als ich. Die Unke, *Bombinator igneus*, wegen des roten Bauchs auch

»Feuerkröte« genannt, liebt den hellen Sonnenschein und kann nichts, aber auch gar nichts dafür, daß Menschen ihren Ruf als »klagend« empfinden.

Der junge Mann trug die Schnallen seiner Schuhe offen, als er zur Toilette ging, auch, als er von ihr zurückkam; er ließ die Metallschließen klacken und tacken, um seinen Schritten den, wie er mir bereitwillig erklärte, »unverwechselbaren *sound*« zu geben. »Das durchschaut man doch als Selbstdarstellung«, warf ich ein.

»Zu der muß man eben stehen ...«

Aber bevor er ausstieg, gab er mir die Zeitung zurück!

Im Zugrestaurant zwischen Bremen und Hamburg redete ich mit einem Türken, der aussah wie Balzac, lebhaft und lustig und furchtbar gebildet, allerdings ohne Namensgedächtnis. Fiel ihm ein Name nicht ein, sagte er »George Washington«. Er hatte von Washington alles gelesen: »Don Quixote«, »Hundert Jahre Einsamkeit«, »Ein Sommernachtstraum«, »Krieg und Frieden«, »Die Blechtrommel«, »Die Leiden des jungen Washington«, sogar das maßgebliche Werk »Ein Tag im Leben des Iwan George Washington«.

Die Uhr schien mir immer dann zu rütteln, wenn ich innerhalb kurzer Zeit zwei oder mehrere Male auf sie geschaut hatte. Ich machte die

Probe, aber sie tat mir dann doch nicht den Gefallen. Ein Autoverkäufer aus Kassel wußte Bescheid: Die Automatics bockten am Anfang leicht mal, es sei ein typischer Garantiefall.

*

Ole Reuter schrieb unter dem Vorwand, Wichtiges festhalten zu müssen, weiterhin vieles auf: Wahrheiten über Unken, Lesefehler (»Aussterbend« statt »Außenstehend«), Pflanzennamen (Steinklee und Blaue Wegwarte), Fragen wie: »Warum lacht der Mensch?« Aber er schrieb nicht verbissen wie am Anfang der Reise, ließ Gedanken zurückwandern zu Menschen, die er vor vielen Jahren gekannt hatte, und gewann sie anstrengungslos zurück, weil er sich nicht zwang, Verständliches über sie zu formulieren.

Bei der Anfahrt nach Korbach war er neugierig, ob der eine Kirchturm schief stand oder ob er ihn damals irrtümlich für schief gehalten hatte. Im selben Moment erinnerte er sich an zwei Liebesleute, die sich (1976) am Zug scheu verabschiedet hatten und auf Winkdistanz gingen, um voreinander ihre Tränen zu verbergen – Ole sah es wieder vor sich, es rührte sein Herz.

Er stieg aus, ging in die Innenstadt und sah: Der Turmhelm saß wirklich schief. Aber warum? Er ging in einen Zeitungsladen und fragte die Verkäuferin. Die hatte in der Schule gelernt, man habe früher alle Türme so gebaut, »wegen der Windrichtung«. Mit dem Rundgang war er recht zufrieden. Eine ordentliche Stadt, vielleicht mit etwas zuviel »Erlebnisprogrammen« und »events«, aber es gab immerhin eine »Buchhandlung H. W. Urspruch« und eine »Hofapotheke zum Hirsch«, in der Hermann Kümmell das Licht der Welt erblickt und dieser später die erste Blinddarmoperation beschert hatte. Auf dem Rückweg zum Bahnhof betrat Ole die Nicolaikirche und las auf dem Grabstein eines Geistlichen: *Domine quis credit auditui nostro* – »Gott, wer schenkt unserer Predigt Glauben?« Der Geistliche war abgebildet, er blickte mit gefalteten Händen nach oben. Wieso war Gott stets »oben«? Weil er von dort besser in private Anwesen hineinschauen konnte? Er konnte doch auch unten, unterhalb der Menschen sein.

Korbach beglückte Ole Reuter, er fühlte sich wiederhergestellt und freundlicher Stimmung.

*

Von dort brach er auf und gelangte über Kassel, Kassel-Wilhelmshöhe und Würzburg nach Treuchtlingen, zurücklegend in fünfeinhalb Stunden vierhundertdreiundvierzig und einen halben Kilometer.

Das erste, was Ole ins Auge fiel, war eine Gedenkinschrift mitten in einer Unterführung, gemeißelt in Solnhofener Stein: Dreihundert Menschen waren gegen Ende des Weltkrieges bei einem Luftangriff auf den Bahnhof innerhalb weniger Minuten gestorben, weil sie hier Zuflucht gesucht hatten. Soldaten, Zivilisten, Eisenbahner, ganze Familien – er sah es vor sich wie einen Film. Sofort heraus aus dieser Unterführung, leben, Augen aufmachen, sehen, was vorging! Ein Kind lange beim Spielen beobachten, das allein half – Bilder gegen Bilder setzen.

Es war ein sonniger Sperrmülltag in Treuchtlingen. An den Rändern der Straßen lag verschrammter Hausrat, zerlebtes Gut aller Art, sehr genau beäugt aus langsam vorüberfahrenden Autos mit kleinen Anhängern, oft waren deren Kennzeichen polnisch oder tschechisch. Sperrmülltage sind interessant, weil man erkennt, was man besser nicht neu kaufen sollte, etwa »günstige« Gartenmöbel, die binnen kurzem so aussehen werden wie hier zu sehen: verfärbt, mit blätterndem Lack, eingeknickt, geborsten, rissig, gefährlich.

Ole fand ein Hotel (fünfzig Meter von der Bahnstrecke entfernt), mietete sich ein, suchte zielstrebig nach dem nächstgelegenen Hirschbraten mit Preißelbeeren und hoffte, in dessen Nähe jenen alten Mann mit wirrem weißen Haar wiederzufinden, einen inzwischen wohl über neunzigjährigen Zornkopf und Revolutionär mit großer Nase, den er vor zwanzig Jahren hier angeschaut, aber nicht gesprochen und wohl nur deshalb nie vergessen hatte. Die Phantasie, der unbekannte Weintrinker sei ein eigensinniger und beherzter Mensch, hatte dessen Bild erhalten. Jetzt wollte er ihm danken – nein, nicht durch Erklärungen! Durch wortloses Anlächeln.

*

Das Wirtshaus gibt es immer noch, und dort auch den Hirschbraten – war die Soße schon damals zuviel und zu dick? Der Werbefunk zwitschert, der Rotwein kommt, und in der Ecke sitzt ein alter Mann, aber ein anderer. Ich fragte den Wirt, einen Mann um die Sechzig, nach meinem Revolutionär, beschrieb den Gesuchten. Ja, er kannte ihn. Ein Stammgast, er sei damals fast jeden Abend gekommen, Witwer. Tot, freilich tot, mindestens – Leni, wie lang ist jetzt der schon tot? Zwanzig Jahre! – Hätten Sie was wollen von dem? Ach so, bloß so. Ja, Holzhändler war der – gell, Leni? Und ein Wald hat ihm gehört bei Dollnstein dorten, wo es die Felsen hat, wo jetzt die Extremkletterer umeinandersteigen, genau da. Wie er dann hier gesessen ist, war er Pensionär, kein Hungerleider gewiß nicht, und immer ist ihm was eingefallen. Mit dem haben wir früher viel gelacht.

Gehe noch ins Kino. Komödie. Auf »spritzig« reduzierte Zappelmenschen. Verlasse die Misere, sitze erneut in der Wirtsstube. Der Alte in der Ecke fängt mit mir ein Gespräch an, wohl weil er sich vor dem Aufstehen fürchtet. Das, was ich antworte, kann er nicht verstehen: taub. Sein Sohn wird ihn abholen, sagt er, wo bleibt er nur wieder? Ich denke sofort: Den Sohn gibt es nicht, er hat sich einen erfunden, auf den er im Wirtshaus vergeblich warten kann.

*

Morgens auf dem Weg zum Bahnhof: Die Sperrmüllfestungen sind über Nacht instabil geworden, weil so viele Hamsterer das Tragende aus ihnen herausgezogen haben, vor allem Sessel und Kommoden. Einmal rollt mir ein maroder Sonnenschirm vor die Füße, wenig später setzt sich eine Gardinenstange in Bewegung, nimmt Anlauf und will partout in meinen Koffer, zumindest gelingt es ihr, ihm eine kleine Wunde zu schlagen.

*

Von dort brach er auf und erreichte nach rund fünf Stunden und einer Reise von dreihundertundneunundneunzig Kilometern über Würzburg, Fulda, Eisenach und Bad Salzungen die Stadt Vacha, welche tief zwischen den Bergen an der Werra liegt, unmittelbar östlich der ehemaligen deutsch-deutschen Grenze. Jüngeren Westdeutschen war Vacha bis 1989 nur aus dem Buch von Michael Holzach bekannt, weil der auf seiner Deutschlandwanderung vom hohen Westufer der Werra aus in die Stadt geblickt und sie als noch nicht verdorbenes Traumstädtchen beschrieben hatte. Oder verdorben »nur« von Wachtürmen, scharfen Hunden, Stacheldraht und Panzersperren. Holzach nahm den Blick gen Osten zum Anlaß, über den 13. August 1961 in Berlin, den Tag des Mauerbaus, nachzudenken und sich daran zu erinnern, daß er damals zum Brandenburger Tor gefahren und in ohnmächtige Tränen ausgebrochen sei. Ole Reuter begann wieder zu schreiben und notierte einige Tote, denen er gewünscht hätte, die Jahreswende 1989/1990 zu erleben.

*

Ole Reuter, der Mensch ist vor Gott nichts. Sei ein Hiob und verstehe endlich! Allerdings wird Hiob erst durch sein Hadern für Gott interessant, durch Widerspruchsgeist und Anklage. Hiob, ein Waldbesitzer in Treuchtlingen, ein Zornkopf und Revolutionär.

Vacha. Alter, hübscher Bahnhof. Statt Schalterbetrieb nur ein Schild mit Hinweis auf das »Call-Center« der Deutsche Bahn AG. Dort muß man anrufen, um Fahrplanauskünfte zu bekommen.

Lauter schönes Fachwerk hier. Im obersten Stockwerk des Heimatmuseums ist die »größte Puppensammlung Thüringens«, ferner die Ausstellung zur Geschichte der jüdischen Gemeinde Vacha. Das Beerdigungsinstitut heißt »Pietät Sauerbier«. Nahe beim Kläschenbrunnen gibt es ein Gasthaus »Am Brunnen vor dem Tore«, längst stillgelegt, da ist nur noch die Schrift auf bröckelndem Putz – Fraktur. Im Hof unter Kastanien, wo früher Gartentische standen und Lieder gesungen wurden, ein Garagenbau für zwei Fahrzeuge.

Rundgang. Behindert. Rückenschmerzen bis ins Bein, bis fast in den Fuß. Der Fuß selbst muckt nicht, weil er taub ist, und mein linker Schuh wirkt leer, er ist wie ein Hindernis, über das ich strauchle. Bandscheibenvorfall, ziemlich sicher bleibend, aber daran stirbt man nicht.

Die Partnervermittlung »Herzblatt« sucht einerseits junge Frauen mit Kind, andererseits Männer über fünfzig. Überlegungen zu meinem Marktwert: Als Versorger bleibe ich noch eine Weile interessant. Marlene fällt mir ein: Hat sie Kinder? Ich vergaß in Jena, sie zu fragen.

Was ist Tod? Er vollzieht sich eher mikroskopisch, auch wenn wir seine makroskopischen Formen (Hauseinsturz, Steinschlag, Bombe, alles Gewaltsame, die Unfälle) mehr fürchten. Das, was er von uns übrigläßt, ist sowieso mikroskopisch. Tod ist Einswerden mit der Oberfläche, auch wenn wir unsere Reste ins Tiefe zu verlagern suchen. Wenn ich nun ins Insektenalter komme und mich mit Ameisen, Käfern und Würmchen beschäftige, dann nur, weil ich ahne, daß sie meine letzten Geschäftspartner sein werden. Jedem Krümchen von mir werden sie sich mit Sorgfalt zuwenden. Wer sich mit dem Tod beschäftigen will, sollte nicht in den Spiegel, sondern auf den Erdboden schauen.

Hotel Adler. Altes »erstes Haus am Platze«, ich lese teetrinkend in der »Südthüringer Zeitung / Rhönkurier«. Erfahre Neues: Es gibt eine »Landesarmutskonferenz«. »Drei Kätzchen in Bad Salzungen suchen ein neues Zuhause«. Und vor langer Zeit gab es eine »Vachaer Währung«. Die durch Salzabbau reich gewordene Stadt prägte eigenes Geld.

Leider macht ein dicker Mann im Blaumann, angetrunken, mit seiner dröhnenden Stimme die schöne Bürgerstube zur Spelunke. Er macht alles zunichte, auch in seinen Urteilen. Eben rüttelt die Uhr an meinem Arm. Ich könnte sie aus Mutwillen auf sechzehn Uhr zurückstellen, noch bevor ich sie aufziehe. Dann zöge alles nochmals an mir vorüber, der leere alte Bahnhof, der Brunnen vor dem Tore, die Puppen und die jüdische Gemeinde, meine Heiratschancen und der Brüllaffe im Blaumann. Aber mit Variationen, denn diesmal wüßte ich, was käme. Ich ginge auf die Werrabrücke und schaute zu der Höhe hinauf, von der damals Holzach heruntergeblickt haben dürfte. Ich schnupperte im Heiratsinstitut herum, weil dort auch Räucherstäbchen verkauft werden. Und den Blaumann spräche ich sofort an (die Zeitung fallen lassend, denn über Salzunger Kätzchen und Vachaer Währung wüßte ich schon Bescheid).

»Sie feiern etwas, stimmt's?«

»Meine Arbeitslosigkeit. Ganz frisch. Trinken Sie 'n Bier?«

»Einen Tee!«

Schließlich ginge ich, etwas später als erwartet, aufs Zimmer und machte mir Notizen. Was ich tue.

Paul ist ursprünglich Bergmann gewesen, hat in einem nahe gelegenen Bergwerk gearbeitet, das heute »Erlebnisbergwerk« heißt, schulte dann auf Gabelstaplerfahrer um bei – vergessen! Und dort gab es plötzlich diesen neuen Investor.

»Ohne *lost* kein *found*«, habe ich in Frankfurt am Main gesagt. Dazu fällt mir jetzt mit reichlicher Verzögerung ein, daß ich im anderen, im

Oder-Frankfurt nach der verlorenen Uhr fragen muß.

Habe den Einfall, daß »Lost & Found« zwar normalerweise »Fundbüro« heißt, aber in Wahrheit viel mehr ist: eine Firma, eine Dienstleistungsfirma für alle Fragen des Verlierens oder Findens von Menschen, *worldwide*! Berät auch Menschen, die sich selbst verloren haben.

Lost & Found. Lond & Foust – Einschlafübungen, erstes Stadium. Danach dann die Schäfchen.

*

Von dort brach er am nächsten Tage auf und erreichte, Berlin berührend und doch vermeidend, nach sechseinhalb Stunden und vierhundertfünfzig Schienenkilometern Frankfurt an der Oder, wo er übernachtete und am nächsten Tag bei *Lost & Found* hereinschaute. Found! Ein Kind hatte die Uhr vor dem Hotel auf der Straße gefunden und damit gespielt, bis die Eltern sie ihm wegnahmen und im Fundbüro ablieferten.

Mit zwei Uhren am Arm verließ Reuter Frankfurt an der Oder. Bis ans Ende seiner Tage wollte er nur Gutes über diese Stadt sagen, sie schien ihm nun in Ordnung. Dennoch – er hatte sich nach all seinen Vorausphantasien insgeheim mehr von diesem Fundbüro erwartet, Entscheidenderes oder wenigstens eine Überraschung. Vielleicht kam sie noch.

Von dort zog er weiter und kam, Berlin wiederum berührend und vermeidend, bis Neustadt an der Dosse, eine nur dreistündige Reise von einhundertneunundsechzig Kilometern, und gegen Ende strahlte die Abendsonne zwischen Wolkentürmen auf das von einem Gewitter frisch durchnäßte Land. Wiesen und Bäume funkelten freundlich, nur die Sonnenblumen hatten Plastiktüten über den Köpfen. »Paulinenaue« hieß die Idylle, ein fraulich-runder Name. Ole entschied sich zu spät fürs Aussteigen. Oder der Zug hielt zu kurz.

Neustadt an der Dosse, früher ein Ortsname, der im Gespräch der Großstädter für Provinzialität schlechthin stand, war nach Oles Ansicht kaum »Stadt« zu nennen – es war ein Gestüt mit angrenzendem Mobilmachungsbahnhof. Er quartierte sich, obgleich ohne Pferd, in einer Art Gestütshotel ein, in dem sogar die Garderobenhaken Pferdeköpfe hatten, etwas für feine Leute.

Am nächsten Tag, wieder am Bahnhof, besah Ole Reuter den direkt vor dem Eingang schrebergartenähnlich angelegten »Sowjetischen Ehrenfriedhof« mit kyrillischen Inschriften und roten Sternen. Die Sterne waren eher rostrot, verwildert das Gras, verkrautet all die Ehrerbietung, wenn sie denn bestanden hatte. Hier stieg er in einen Bus, denn wegen des Streckenausbaues kam er anders nicht nach Breddin, und nur von dort nach Wittenberge, und nur über dieses ging's nach Magdeburg, und genau dorthin wollte er – wollte er? Wie denn, wollte er nun zu Marlene, oder wollte er nicht? Die Fahrt über die Dörfer war viel zu schön für Entscheidungen. Obwohl der Bus nach Diesel stank wie drei Elbschlepper zusammengenommen.

*

Am Bahnhof in Wittenberge. Kann mich doch nicht entschließen, zu Marlene zu fahren, obwohl – der Blick auf zwei Uhren und den Fahrplan sagt es mir – in wenigen Minuten auf der anderen Seite des Bahnhofs ein Zug nach Magdeburg abgeht. Es ist mein Instinkt für Gefahr, der mich hindert. Habe eine verdächtige Lustangst hinterm Zwerchfell, halb Begehren, halb Fluchtimpuls. Lieber erst nach Stavenhagen, immerhin heißt es mit Vornamen »Reuterstadt«. Es soll sogar ein »Reuter-Museum« geben – wie kann ein Reuter seine Reise beenden, ohne es angeschaut zu haben? Ich kehre der Magdeburger Richtung den Rücken, fahre nach Stavenhagen.

Ein Taxi fährt mich zum Reuter-Museum, einem rundherum eingerüsteten Gebäude, vermutlich Barock. Davor ein Schild: »Wegen Um-

bau geschlossen, wir bitten um Ihr Verständnis!«
Mein Museum! Nein, ich habe kein Verständnis, nicht das geringste – ich gehe ins nächste Hotel, lege mich in ein Bett und ziehe die Decke über den Kopf.

*

Ole Reuter hatte sich viele Male gebückt, war unter den Latten und Balken einer Baustelle durchgekrochen, hatte sackleinene Staubfänger beiseite geschoben, und jetzt winkte ihn jemand weiter: »Willkommen bei *Lost & Found*! Bitte Vorsicht mit den Kabeln, und laufen Sie mir nicht gegen Scheinwerfer!«

Das war kein Museum, eher ein Dorf, genauer ein Jahrmarkt. Menschengewimmel, Stände, Zelte, kleine Schaukästen, aber auch große Objekte wie ein mit allerlei Zeichen beschrifteter Güterwaggon, ein Segelboot (und zwar eine Zwanzig-Quadratmeter-Rennjolle, aufgetakelt und mit Spreizlatten im Großsegel), ferner ein gebäudeähnlicher Stapel von Ziegelsteinen, der ein respektables Schutzdach aus Teerpappe trug. Ole sah eine bronzene Hyäne, die nach ihm schielte, während unter ihr zwei Menschenbabys (ebenfalls aus Bronze) an ihren Zitzen sogen. Standbilder gab es auch, und gleich das vorderste war niemand anders als Lucius Publicius, der

Mann über dem Kölner Mosaik, sein Rock war länger als sonst – es war eine Frau! Plötzlich sah Ole, daß viele stehengeblieben waren und ihn anstarrten – er wurde schüchtern und versuchte irgendwohin zu schauen, wo keine Augen waren, das gelang nicht. »Sie sehen sowieso alles«, dachte Ole und beruhigte sich.

Neben jeder der großen oder kleinen Sehenswürdigkeiten stand ein Mann. Das waren wohl Wächter, die auf Wunsch Erklärungen lieferten. Ole brauchte keine Erklärungen. Er erkannte auf einem riesig vergrößerten Photo ein Autowrack und wußte: der Wagen seines Vaters, mit dem er 1959 auf der Queralpenstraße, in einer scharfen Linkskurve, bei Glatteis beinahe in die Schlucht gestürzt wäre. Beinahe. Hier sah man also, was von Rechts wegen hätte passieren müssen, es war schon so gut wie passiert, hatte sogar, etwas voreilig, den Weg in eine Kamera gefunden, gut, eine Spezialkamera.

Manchmal war das Exponat so klein, daß man zuerst den Wächter anschaute, der danebenstand. So war es bei der schlichten, winzigen Kommode, besser gesagt einer Kiste mit Klapptür und zwei Schubfächern. Auf der Oberseite erspähte er das von Kinderhand geschriebene, vor lauter Wut eher gekratzte als geschriebene Wort »Bitte« und wußte sofort Bescheid: »Bitte nichz hinlegen!!!!!« stand da. Er zählte: ja, fünf Ausrufungszeichen. Etwas weiter ein Bild: Der Teufel als Ministrant, er hält einem betenden Heiligen das Meßbuch hin. Und ein Spielautomat, nicht unähnlich einem Flippergerät, aber mit einer Art Schaukasten darüber, der eine Landschaft zeigte. Der Kasten war unglaublich groß, er enthielt Berge, Wasserfälle, Sandwüsten, Bäche, Auen, Menschen, Vieh und Häuser und einen ausgedehnten Himmel mit Wolkentheater. Gegen Einwurf einer Münze (eines Fünfzigpfennigstücks) setzte sich hoch oben am Berg ein durchsichtiger Kiesel in Bewegung und sprang von Fels zu Fels herunter wie ein Ball, berührte vieles, auch Menschen und Tiere. »Bei uns hier«, sagte der Wächter, »läßt sich das wiederholen – Sie haben doch noch eine Münze?« In diesem Moment machte es »Ping«, der gläserne Kiesel verschwand in einem Loch am Boden des Panoramas, und Ole wachte auf.

*

Von dort brach er auf und fuhr nach Berlin, eine kurze Reise von weniger als – nein, das bißchen, was jetzt noch kommt, will ich per »ich« schreiben. Ich habe zum ersten Mal ein klares und endgültiges Fahrziel: Judith ist zu Hause, ich liebe sie, will schnellstens zu ihr und nehme sogar in Kauf, daß ich E-Mails, Telephonate, Briefe und

Faxnachrichten beantworten muß (zusammen mit denen, die ich hinter den Schrank gestopft habe). Die Rechnung bitte!

Denke über den Teufel und das Meßbuch nach, das er dem heiligen Wolfgang hinhält. Ich ahne, was gemeint ist: Wolfgang ist nichts weiter als ein frommer, bescheidener Mensch. Der Teufel reicht ihm das Meßbuch und sagt: »Du brauchst beim Predigen nur auf mich zu hören, dann mache ich dich zu einem großen und berühmten Priester – geniere dich nicht, ich bin letztlich von der gleichen Firma! Spiel ein wenig mit, und du wirst mehr Gutes bewirken als irgendein anderer guter Mensch: Du wirst Vorbild für Millionen sein! Noch nie etwas von ›Hebelwirkung‹ und von Medien gehört?«

Eine Ordensschwester, die in Albanien arbeitet, sagte kürzlich (ich hörte es im Radio): »Das Problem ist, daß die, die helfen, ein falsches Menschenbild haben, und daß die, die das richtige haben, nicht helfen.« Das ist es wirklich. Ich aber habe das richtige Menschenbild, seit langem schon. Mußte mich, zugegeben, in den letzten Wochen selbst etwas zurückgewinnen. Aber jetzt! Helfen ohne Rechnerei, helfen ohne Ehrgeiz, anonym helfen, solange ich kann – und über Helfen nachdenken. Habe schon Ideen, vorerst unverständlich, aber das ist ja meine neue Stärke.

Jeder möchte helfen oder jemand sein, von dem es heißt, er helfe. Helfen ist schwer, wenn die Situation gewissermaßen keine Überschrift hat. Dann sind wir ratlos und feige zugleich, oder wir schätzen die Höflichkeit höher als die Tat, weil diese eventuell zeigen würde, daß wir etwas mißverstanden haben. Hier müßte man ansetzen, und damit wäre etwas erreicht für die Sache des Helfens: Mehr Menschen müßten seelenruhig in Kauf nehmen, daß sie hin und wieder für eine »Überreaktion« belächelt werden.

Der nächtliche Hotelbrand vor vier Jahren: Ich stand mit den anderen Zuschauern und sah aus den unteren Fenstern Flammen schlagen. Wußte im Grunde, daß es jetzt darum ging, Schlafende im Haus zu wecken, zum Beispiel durch Pfiffe, Gebrüll, Wurfgeschosse. Tat gar nichts. Oder das Unglück am Baggersee, zwei Jungen waren am Ertrinken, eine Menschenmenge stand und schaute hilflos zu – gewiß nicht nur aus Sensationslust. Die Jungen wurden tot geborgen.

Das wird es sein: keine Frömmelei einführen, nichts für einen Kult oder eine Kirche tun, einfach Hilfe schaffen. Und nichts zurückhaben wollen! Strebte ich das an, hätte der Grünrock eine Handhabe, er ist Meister des Termingeschäfts, legt alle herein, die schnelle Gewinne machen wollen.

Übrigens hat er nichts davon. Er kann Seelen zwar besitzen, aber nicht in ihnen wohnen.

*

Barampola an Quardokus

Jetzt trägt er am Arm zwei Uhren, die zwei verschiedene Zeiten anzeigen – es paßt zu ihm. So etwas sieht man sonst nur bei Hehlern.

Zum Ernsteren: Ich sehe Gefahren! Es handelt sich zwar um eines der üblichen Schachspiele innerhalb der Firma, aber diesmal scheint die andere Abteilung um einen Zug voraus zu sein. Sie wird das Geschehen vorschnell bestimmen, mit anderen Worten: Phase vier kommt zu früh.

Reuter hält sich einstweilen ganz passabel, hat die Anfälle novizenhaften Ehrgeizes hinter sich gelassen. Er hat die »Faust«-Falle, Teil B, begriffen und strebt von ihr weg, hat mithin verstanden, daß er auf Gott vertrauen darf, ohne gleich Bischof werden oder die Religion neu definieren zu müssen. Phase drei ist damit fast vollzogen. Was noch fehlt, sind die *imagines agentes*, klare Bilder zur Unterstützung seiner Entscheidungen. Das Reuter-Museum ist noch eine Gerümpelkammer aus Selbsterkenntnissen und Warnungen, es fehlt an Licht. Dabei gab es in diesem Leben viel davon, er ist nur noch nicht wieder ganz herangekommen. Ich bin in Sorge, ob er so Phase vier schon überstehen kann. Er ahnt, daß er trotz aller Fortschritte verloren ist, wenn er der großen Versuchung erliegt. Auch er selbst ist besorgt, denn er kennt seine Achillesferse: Irgendein Teil seiner Persönlichkeit will immer den Untergang. Derzeit macht er rührende Angebote, um sich freizukaufen: Auf seine alten Tage will er ein gigantischer Helfer oder Organisator von Hilfe werden. Das beeindruckt niemanden, den Überzeugenden schon gar nicht, solange die Leitbilder blaß bleiben und durcheinandergehen.

Mit anderen Worten: Mir graut vor Magdeburg. Der Mensch ist ein schwaches Gefäß, auch physisch – das wird vom Überzeugenden gern übersehen. Wenn Reuter erst in seinen Händen ist (vielmehr in »ihren«, denn der Überzeugende wird wieder als Frau auftreten), bin ich nur noch ohnmächtiger Zaungast.

Ich finde das reformbedürftig.

*

Wittenberge. Ich bin doch noch rasch nach Wittenberge gefahren. Es liegt von Stavenhagen aus Richtung Magdeburg, und ich finde, daß man in Wittenberge nicht nur den Bahnhof gesehen haben sollte.

Ich mietete mich ohne langes Suchen in einem »Hotel am Stern« ein. Und rief Marlene an: Ich wolle mich aus dem Eisenbahnnetz abmelden, sei auf dem Weg nach Berlin. Wenn sie mal in der Stadt zu tun habe, möge sie doch unbedingt... Ihre Antwort: »Wann kannst du hier sein?« Ich, wie in Trance: »Morgen abend.« Es ist passiert. Nun muß ich ihr eben von Berlin aus absagen.

Wittenberge ist hübsch. An einem Haus steht in alter Schrift »Pharmaceutische Droguen«, genau so. Im kühlen Lüftchen an der Elbe liegt ein Schiff namens »Delphin« und träumt vor sich hin. Eine schwer vergitterte Baracke gehört einer Marinekameradschaft von 1911. Die evangelische Backsteinkirche hat Feuchtigkeitsschäden in den Deckenwinkeln, ist aber doch deutlich »in Betrieb«. Aber Häuser gibt's hier, die wirklich als Opfer bezeichnet werden müssen: Dach verrottet, alles verrottet. Eine der Türen hat sechs verschiedene Lackschichten, und von einer jeden ist etwas zu sehen.

Wieder am Bahnhof, lange Wartezeit. Ich sortiere meinen Stavenhagener Traum: Die »Kommode« war meine, sie war die Ole geschenkte Kommode, und die dummen Erwachsenen legten bei ihrem Saubermachen alles, was auf dem Boden herumlag, jeden Tag auf ihr ab. Ich war fünf und konnte kaum schreiben, aber das war der Anfang: »Bitte nichz hinlegen«. – Die Segeljolle, mit der ich Anfang der sechziger Jahre auf dem Starnberger See gefahren bin, hatte in den Dreißigern einem Jungen gehört, den sein Vater, ein großer Künstler, 1944 oder 45 mittels seiner Kontakte vergebens im Heimaturlaub aus Hitlers Krieg herauszuziehen versuchte. Der junge Mann kam wegen angeblicher Desertion in ein Strafbataillon und fand an der Ostfront desto sicherer den Tod. Dieser Segler, von dem nur die Rennjolle übriggeblieben ist (und das notorische Schweigen seines Vaters), mit ihm identifizierte ich mich – und segelte sein Boot. Heute identifiziere ich mich eher mit dem allzu schlauen Vater: der ganze Opportunismus ohne Nutzen, das einzige Kind verloren.

Bilder meines Lebens, auch solche, die ich habe verwahrlosen lassen. Der Güterwaggon: In ihm saß ich 1976 mit der siebzehnjährigen Judith und spielte den Lehrer, indem ich über Güterwagen, Judentransporte und KZs sprach. Ich brachte sie damit zum Weinen, aber nur weil sie merkte, was für ein belehrender Kotzbrocken ich sein konnte. Den Spielapparat mit dem durchsichtigen Kiesel verstehe ich nicht, er scheint eine Metapher zu sein, vielfach deutbar, aber nichts, denke ich, was auf mich persönlich zeigt. Irgendein Rückstand von Gelesenem. Anders der Ziegelstapel mit Dach: In ihn kroch ich im Alter von zehn oder elf, zog mich splitternackt aus, fand mich wunderschön und hoffte inständig, daß mich jemand überraschte und sogar besitzen wollte.

Graffito an der Wand der Bahnhofshalle: »Köln grüßt Wittenberge. Hier stinkts nach Pisse!« Klingt souverän, klingt nach jener wunderbaren Kölner Frechheit – bravo! Peinlicherweise kenne ich auch Kölns Gerüche. Irgendein Wittenberger ist bestimmt schon mit Sprühdose nach Westen unterwegs.

Da kommt der Zug nach Berlin, das hat gedauert! Und den lasse ich jetzt abfahren und steige auf der anderen Seite des Bahnhofs (so läuft das hier) in einen Triebwagen nach, nein, »in Richtung« Magdeburg. Stendal soll eine großartige Kirche haben. Von Stendal über Rathenow nach Berlin-Spandau und weiter zum Westkreuz zu fahren ist dann kein Problem.

Ein Rätsel: Woher wußte ich, daß das Bild in meinem Traummuseum Sankt Wolfgang zeigte? Warum nicht Augustinus, Gregorius, Bernhard von Clairvaux?

*

Freilich, Stendal. Die einzige Stadt im »Osten« (es liegt solide westlich von Berlin), die ich schon vor dieser Reise gekannt habe. 1990 bin ich hingefahren, und zwar ausschließlich wegen Stendhal, der sich nach ihr (wegen des dort geborenen Winckelmann) so genannt haben soll. Stendal ist eine Backstein-Orgie, besonders das Reichsbahn-Ausbesserungswerk neben dem goldenen Lenin-Kopf, der aber nicht mehr da ist. Jetzt heißt der Platz nach einem Kolonialisten namens Nachtigal. Sein Denkmal gab es damals schon, aber es war sehr zugewachsen – heute kommt er groß raus, weil er früher da war als Lenin. Hat Nachtigal Ehren verdient, war er gut, ermutigt er zu irgend etwas? Ich werde mich erkundigen. Die »Straße der Freundschaft« heißt wieder »Schadewachten«. Im Kaufhaus Ramelow werden »Faustfeuerwaffen« ausgestellt. Winckelmann residiert als nachdenkliche Bronzefigur unter einer ungehemmt sprießenden Blutbuche.

Schlich herum und überlegte, wie mein nächstes Telephonat mit Marlene ablaufen könnte. Häufigste Version: »Entschuldige bitte, plötzlich hat sich da was ergeben, eine leider vergessene Verpflichtung, es tut mir leid! Aber aufgeschoben ist nicht aufge… « Ein zorniges »Klack« wäre zu hören, aufgelegt, Ende. So würde es kommen. Und leider: Das geht nicht mehr. Nicht für mich, wenn ich, wahrhaftig selten genug, nach jemandem verrückt bin. Also was? Hinfahren ist längst das Einfachere. Zunächst! Dann die Form wahren, über alles sprechen. (»Wir bitten um Ihr Verständnis!«) Weiß der Teufel, ich muß hin, basta! Um so schneller habe ich es hinter mir. Ich bin genügend auf Skepsis eingestellt, also wird es – hoffentlich! – ein Höflichkeitsbesuch. Höllenfahrt erster Klasse? Es ist mir noch immer gelungen, mich in zwei oder mehrere Personen aufzuspalten – eine wird es schaffen, sich davonzumachen. Lese im Kursbuch: Stendal–Rathenow–Spandau–Westkreuz–Halensee. Das wäre der ordentliche Ablauf jetzt. Der sichere, der langweilige.

Halt, die Kirche noch, bitte! Schön und düster. Ich setze mich ins Gestühl und sammle Kraft.

*

Also Magdeburg. Ausweichen ist schließlich auch keine Lösung.

Selbstverständlich miete ich mich in einem Hotel ein, um unabhängig zu bleiben. Ein Taxi fährt mich nach dem Vorort Alt-Prester. Hübsches, gutes Hotel mit Blick auf die Elbauen. Strömender Regen, das paßt gut. Verdammte Lustangst, verdammtes Herzklopfen! Tue alles, um die Normalität aufrechtzuerhalten, lese etwa Daniela Dahns »Westwärts und nicht vergessen«, versuche mich politisch zu empören, egal ob im

Sinn ihrer Darstellung oder dagegen, bin noch unentschieden. Aber meine Gedanken sind bei Marlene. Nein, die Zeitung bitte, ich werde nicht Marlene besuchen, sondern ins Kino gehen! Im »Moritzhof« läuft »Das kalte Herz«, ein DEFA-Film aus den fünfziger Jahren nach dem Märchen von Wilhelm Hauff. Regie: Paul Verhoeven, »unser« Verhoeven, der deutsche. Die Geschichte von Gott, Teufel und Versuchung in einer, nehme ich an, antikapitalistischen Version. Jawohl, das sehe ich mir an: Mein Verstand wird zu tun bekommen, und das wird mich normalisieren und beruhigen wie immer.

Frage den Hotelier nach dem Weg. Straßenbahn Nr. 4 »bis McDonald's«, dann umsteigen in die Nr. 1 oder 10 oder in eigentlich alle Linien nach Norden. In der Straßenbahn lese ich energisch in einem Magdeburg-Führer: Es gibt hier die Strom-Elbe, die Zoll-Elbe und die Alte Elbe, ferner größere Bäche namens Klinke, Schrote und Faule Renne. Ich notiere es, als könne es mich retten.

Bin angekommen. Der »Moritzhof« ist wirklich ein Hof. Auf seiner einen Seite liegt ein Kino namens »Stall«, auf der anderen eines, das »Scheune« heißt. Das »Kalte Herz« wird im Stall vorgeführt. Die Kasse für beide Kinos steht auf einem Tischchen unter freiem Himmel. Es regnet immer noch. Ich stelle mich in die Schlange, versuche unter dem vorgebeugten Oberkörper weiterzuschreiben. Nein, ich breche ab: Die Dame, die hinter der Kasse sitzt, ist Marlene!

Sechstes Kapitel
Diabolos

Ein gewisser Griffzich an den Autor

Sie haben früher einmal aus Reisenotizen Ole Reuters ein Buch gemacht und werden es, wie ich jetzt schon weiß, wieder tun.

Ein Rat: Lesen Sie diese Zeilen sogleich langsam und sorgfältig: Wie Sie merken, verwandelt sich jedes meiner Worte, sobald gelesen, in ein anderes, das dem ersten nur äußerlich ähnelt. Beim zweiten Lesen werden Sie nichts mehr verstehen. In dieser Weise habe ich so manches geschrieben und drucken lassen. Briefe blieben bisher die Ausnahme. Auch die beiliegenden zwei Photographien – Reuter im Cottbusser Bahnhof am Zugfenster und im Glashütter Uhrenmuseum – werden sich nach Betrachtung verflüchtigen.

Es geht mir um die Vorgänge in Magdeburg, Wernigerode, Nordhausen, Falkenberg und Doberlug-Kirchhain bis hin nach Bad Salzungen.

Mir wird stets alles Häßliche, sogar jeder unrühmliche Tod angelastet – eine Tradition, für die ich im allgemeinen nur ein Lächeln übrig habe. Im Fall Reuter will ich mich aber äußern, damit das Buch solche Entstellungen nicht unterstützt.

Ich bin keine Märchenfigur und gehöre nicht zu irgendeiner Bühneninszenierung (»brimborischer Aufwand«, sagte jemand, auf den ich noch zu sprechen komme!). Ich bin reales Leben und greife ins reale Leben ein. Ich tue das als Glied und im Auftrag einer Sozietät, nennen wir sie ruhig »Firma«, die für die Wende zuständig ist, und zwar die Wende schlechthin. Die Firma hat viele Namen – »Lost & Found« ist die Bezeichnung, die wir intern benutzen. Wir stehen bereit, wenn Menschen verlorengehen wollen, Verlorene sich selbst wiederfinden, Gerettete erhalten bleiben wollen – wir treffen die dazugehörigen Feststellungen. Es gibt einen Chef und zwei Abteilungen, deren jede wichtig ist, die »seelenführende« und die »überzeugende«. Die Sympathie des Chefs gehört mehr der ersteren, doch wenn er es nicht gewünscht hätte, wäre die überzeugende Abteilung nie gegründet worden. Ihr gehören ich und meine engeren Kollegen an. Wir dienen als Versucher und Prüfer, wissen Bescheid in Sachen Diebstahl, Gewalt, Größenwahn, Lüge und Intrige. Oft bezeichnet man uns als Vollstrecker und Peiniger, was aber nur die halbe Wahrheit ist: Wir sorgen ja auch dafür, daß Vollstreckungen einen Grund haben.

Wir sind keineswegs gnadenlos. Wir geben jedem eine weitere Chance. Ich habe Reuter nach Sri Lanka geschickt, um ihm die Gelegenheit zu geben, Moslem oder Hindu zu werden und damit ein neues Spiel zu eröffnen. Dort steht an jeder Ecke ein Tempel – dieser Kerl betrat keinen einzigen. Hätte er es getan und sich von einem der Mönche, wie üblich, einen winzigen weißen Bindfaden ums Handgelenk knoten lassen – wir hätten das akzeptiert und ihn erst nach dem Zerfallen des Schnürchens wieder kontrolliert! Er hat die Chance vertan.

Wir haben auch allgemeine Aufgaben. Wir sorgen für einige Dinge, die die Menschenwelt unbedingt braucht: unschuldige Frechheit, Begehren, Tagtraum, Laune, Unberechenbarkeit. Und viele heiße Wünsche werden von uns nicht nur registriert, sondern auch erfüllt!

Beide Abteilungen bestehen aus Begleitern: Jeder Mensch, der sich auf eine Wende zubewegt, hat einen aus der Firma an seiner Seite. Zunächst beobachtet ein Seelenführer die Worte und Regungen des Klienten, darf sich über eine Art computerloses Internet bei Kollegen Rat schaffen und sogar eingreifen – allerdings nicht mehr, wenn in der sogenannten »Phase vier« unsere Leute von der Überzeugenden Abteilung den Fall übernommen haben. Die Seelenführung achtet mehr auf Sünde und Vermeidung von Sünde, wir sind eher Anwälte der Biologie: Wir haben im Auge, daß der Mensch nur einmal lebt und dann nie wieder.

Allen (mit Ausnahme des Chefs) ist eine insektenhafte Physis eigen: Wir sind Hautflügler, also Hornissen, Wespen, Bienen, können auch als Ameisen durch feine Ritzen dringen. Gern nehmen wir menschliche Gestalt an, wirken dann oft etwas überschlank und hautig. Es hat sich bewährt, weiblichen Klienten als Mannsbild, männlichen als Weibsbild zu erscheinen. Was uns den Menschen überlegen macht, sind navigatorisches Wissen und insektenhafte Schnelligkeit. – Das alles dürfen Sie ruhig wissen, denn Sie werden nicht beweisen können, daß ich es Ihnen geschrieben habe, nicht einmal, daß ich Ihnen überhaupt geschrieben habe. Ich würde Ihnen auch nicht raten, diesen Beweis zu versuchen.

Nun zu Magdeburg. Sie werden darüber einiges in den Aufzeichnungen Ole Reuters wiederfinden, wenn er wieder in verständlicher Sprache schreiben kann. Schreiben wird er in jedem Fall, weil er es nicht lassen kann. Ich kenne ihn seit langem, begegnete ihm schon auf seiner 1976er Bahnreise. Ich versuchte ihn als schwarzhaarige Schönheit in einem Kölner Museum zu verführen, aber es kam etwas dazwischen. Später bestieg er mich im Nachtzug zwischen Treuchtlingen und Hamburg, wohl weil er mich mit einem Pferd verwechselte. Wochen später traf ich ihn in wieder anderer Gestalt und malte ihn nackt, als Ödipus mit Hornbrille. Wartete sogar auf ihn als Bäckerstochter im Brotladen in Jerxheim, knusprig, wie nur Teufel sein können, aber er traute sich nicht. Ich sage dies, damit Sie wissen: Ich kenne ihn und weiß ihn so liebevoll zu behandeln, wie der Mistkerl es verdient.

In Magdeburg tappte er mir zuverlässig in die Falle. Seine Sehnsucht, sich mit Haut und Haaren in die Hände einer kurzhaarigen, filmvorführenden Heilpraktikerin von bestimmender Wesensart zu geben, lenkte seine Schritte bis vor meine Füße. Ich saß hinter der Kasse, sah ihn nur an, schon sank er in die Knie. Da er alles, was er tut, reflexartig camoufliert, murmelte er etwas von »Herzrhythmusstörung«, täuschte damit Umstehende, nicht mich. Wir sahen den Film »Das kalte Herz«, ich saß fürsorglich neben ihm und spürte seine Sehnsuchtsblitze. Danach, in einer Wohnung, die ich als meine ausgab, verlegte er sich doch lieber aufs Reden, bezeichnete sich als eine Neuausgabe des Kohlenmunkpeter, der zwischen Glück und Verderben zu wählen hätte. Sprach von seiner verlorenen Würde, die er wegen schlechten Gedächtnisses nicht wiederfinden könne. Nur völlige Hingabe könne ihn mit sich selbst versöhnen, und da er an Gott trotz bester Absichten nicht glaube, wolle er mir gehören!

Der Mann war reif. Er bat sogar, ich solle ihm »süß weh tun«. Was wäre ich für ein Teufel, wenn ich mich hätte zweimal bitten lassen? Er bleibt in allen Lagen Egozentriker, stets damit beschäftigt, Bestellungen aufzugeben. Schließlich wollte er nur noch erster Klasse zur Hölle fahren und phantasierte, daß er gar nicht real sei, sondern die Hauptfigur einer Erzählung: Ich sei die Autorin, die ihn jahrzehntelang entwickelt habe und die ihn nun auf überzeugende Weise »zu Ende erzählen« müsse. Faselte noch etwas von seiner Uhr, die er zurückstellen wolle, um Lust und Qual erneut zu erleben – eine fixe Idee von ihm, seit er im Erzgebirge ein teures, aber unzuverlässiges Stück mit Palettenankerhemmung erworben hat. Ich sagte ihm, daß es bessere Drogen gebe als defekte Uhren. Er wollte sofort alles schlucken, was ich anzubieten hätte. Ich gab ihm etwas Überzeugendes aus dem Erste-Hilfe-Kasten, Wahnwuchs aus mitternächtlicher Ernte, untermischt mit orgiastischen Pilzsäften aus dem Harz. Riet ihm noch, nicht zuviel davon zu nehmen. Er hörte aber nicht, nahm eine Überdosis, was zunächst einige erwünschte Folgen hatte – er überschritt die üblichen Grenzen menschlicher Lust bei weitem. Ich verwirklichte alle Wünsche aus wehmütigen Jahrzehnten, machte ihn für viele Stunden vollständig glücklich, vor allem habe ich ihm gegeben, wonach er sich am meisten gesehnt hat: Selbsterkenntnis, Unterscheidung von Gut und Böse, das Wissen, was ein Mensch sei und was für ein Mensch er selbst sei (ein Narr). Für Stunden wußte er genau, wie sein Leben verlaufen war und warum so und nicht anders. Solche Feste der Erkenntnis haben Folgen. Aber bin ich sein Kindermädchen? Es ist nicht Sache des Überzeugenden, zu ignorieren, was in einem Sterblichen angelegt ist.

Als er vor Schwäche kaum noch gehen und stehen konnte, bat er um eine zwei- bis dreitägige Pause, um sich »für mich« zu erholen. Ich schickte ihn in den Harz, weil dieser nur Überzeugenden vorbehalten ist. Keiner der Seelenführer darf ihn betreten, es ist altes Recht. Aber da war noch der Magdeburger Hauptbahnhof! Reuters bisheriger Begleiter von der anderen Seite versuchte das Ruder herumzureißen, indem er in der Gestalt eines Gepäckträgers erschien und Reuter ansprach – ein unerlaubter Eingriff! Dieser unverschämte Engel war es übrigens auch, der meine Tätigkeit zuvor als »brimborischen Aufwand« bezeichnet und von »Gestank und Chorgesang« gesprochen hatte. Was er Reuter erzählte, war natürlich dummes Zeug: »Ich habe Sie in Großkarolinenfeld ins Bein gestochen, erinnern Sie sich? Barampola – na, fällt der Groschen? Sie selbst haben mich doch so genannt! Wennappuwa! Sri Lanka!« Er rechnete tatsächlich damit, daß Reuter sich an Namen erinnerte. Der sah ihn unendlich müde an und sagte: »Mann, was ist denn mit Ihnen passiert?« Dann kehrte er ihm den Rücken und stieg ächzend in den Zug. Der Engel stand da wie ein Narr. Reuter, insgesamt ja ein Widerling, war mir erstmals sympathisch. Allerdings kann ich nun nichts mehr für ihn tun. Sein Schicksal ist erfüllt, es gibt nur noch eine schwache Chance, wir nennen sie intern »das hohe G«. Aber darüber entscheidet allein …

Moment!

Mein Brief ist damit zu Ende. Sie haben es gewagt, ihr Diktiergerät einzuschalten! Sie unterschätzen mich. Sie werden noch von mir hören!

gez. Dr. Griffzich
Referat Grundsatzangelegenheiten.

*

Von Magdeburg brach er auf und reiste, körperlich schwächer werdend, über Halberstadt nach Wernigerode am Harz, zurücklegend eine ungewisse Strecke in einer Zeit, die der Ewigkeit nahe kam, all das wahrscheinlich im tiefen Winter, denn die Landschaft war eigentümlich hell. Schneite es? Er sah Millionen, Milliarden von Kristallen, die sich beim Zusehen zu geometrischen Formen zusammensetzten, dies nicht nur draußen, sondern auch im Abteil. Von Wernigerode aus fuhr er auf den Brocken, von dort zurück bis Drei Annen Hohne und von da über Elend und Sorge bis Nordhausen, wo er nächtigte und anderntags aufbrach nach Falkenberg und Doberlug-Kirchhain, zwei großen Schienenkreuzungen, an denen man den Teufel öfter trifft als anderswo. Sein Zustand war der eines Sterbenden, das Sprechen und Atemholen fiel ihm schwer, er umarmte Bäume und Laternenmasten und sogar die Blechfiguren auf den Bahnsteigen. Man versuchte ihm zu helfen, wollte ihn zu einem Arzt bringen. Er gab aber zu verstehen, er sei ein Garantiefall und müsse nach Glashütte in Sachsen.

*

Ja, ich kann wieder schreiben! Daumen und Zeigefinger sind zu Bewegungen fähig, aus denen, sofern ein Stift vorhanden, mit etwas Glück Schrift wird. »Vorhanden« heißt »vor den Händen«. Manche Wörter verstehe ich gut, der Sinn anderer ist noch nicht wieder zu erreichen, obwohl ich weiß, daß er ganz in der Nähe sein dürfte. Man hat mir eines meiner noch leeren Schreibhefte und meinen Stift »Camouflage« gegeben, aus therapeutischen Gründen, wie man sagte, mir aber die bereits vollgeschriebenen

Hefte verweigert (aus denselben Gründen)! Ich solle mich »aus dem Herzen heraus« erinnern, statt mich aus meinen (offenbar irgendwie verseuchten) Notizen neu zusammenzusetzen. Eines haben sie aber übersehen. Auf der hinteren Umschlagseite stand etwas: »Noch aufsuchen Kaisersaschern (wo?); Meuselwitz an der Schnauder; Konditorei Hiergeist (Landshut) wg. Konditorstochter aus Nachtzug; Neuenhagen bei Berlin.« Ich bin nicht ohne Hinweise auf mein Vorleben, und ich werde ihnen nachgehen, sobald ich hier heraus darf.

Alles ist weiß. Bett, Zimmer, Tür, Leute. Durchs Fenster kann ich nicht sehen, aber auch draußen muß Winter sein. Ich bin in den Winter hineingefahren, von Magdeburg an, da war ein blitzender Schneewinter drinnen und draußen.

Hier habe ich längere Zeit die Innenseite meiner Augenlider betrachtet. Legte den Arm über die Augen, etwas Druck macht Bilder bunter. War durstig wie eine lombardische Pappel, trinke immer noch Liter um Liter aus der Schnatelbasse, Banselschatte, Tabelschnasse.

»Radio Brocken« meldet »*Stop and Go* zwischen Wanzleben und Helmstedt«. Es steht ein Empfänger auf dem Schubladen-Wagen neben dem Bett. Über mir ein Triangel aus Plastik und ein Ding zum Knopfdrücken, wenn ich Wünsche haben sollte. Außerdem gibt es einen silbernen

Stock mit Haken, an dem ein Klarsichtbeutel mit heller Flüssigkeit hängt. In ihm steigt ab und zu ein Bläschen auf, man kann sich dran freuen. Noch bin ich ein bißchen durcheinander, beim Erinnern herrscht Tagundnachtgleiche. Ich muß alle Wörter wiederfinden und diesmal besser anlegen. Nach dem Aufwachen fragte ich: »Welche Station?« »Intensiv«, antwortete die Schwester. Ich dachte nur: Das muß im Osten sein.

Inzwischen liege ich in einem Einzelzimmer des Städtischen Krankenhauses und weiß die Station: Bad Salzungen, Thüringen.

Ich fühle mich wohl, liebe das Leben und diese unbekannten Menschen, deren Sprache ich zu lernen versuche. Es ist mir egal, warum ich heiter bin. Nein, nicht wegen Magdeburg! Eine wilde Liebesnacht, genau so, wie ich sie mir in meiner kühnsten Verrücktheit gewünscht hatte. Das brauche ich nun nie mehr zu erleben. Aber dieses andere: Es war, als hätte ich einen Schlüssel bekommen, plötzlich war mir mein Leben zugänglich wie ein geöffnetes Haus – ein Glücksgefühl. Ich verstand, wer ich gewesen war, was ich gewollt hatte, alles! Zur Zeit habe ich es wieder vergessen! Aber vielleicht brauche ich diese Erkenntnisse auch nicht mehr, mein Leben ist leergeräumt und kann mit neuen Träumen und Zielen ausgestattet werden. Ich weiß nicht mehr, was vor Magdeburg gewesen ist. Man erzählt mir etwas von Frau und Kind, Berlin und Brüssel, spricht mir beschwörend Wörter vor, die ich verwundert nachspreche, aber nicht mit mir in einen Zusammenhang bringen kann: Berater, Finanzen, Politik, Europäische Kommission. Man lobt meine Sprache. Angesichts solcher Grammatik könne zunächst niemand glauben, daß mit meinem Gehirn etwas passiert sei. Meine Konjunktive seien verläßlich, der Wortschatz wachse zusehends. Der Arzt sagt, meine wichtigste Arbeit sei, mich an die letzten Tage zu erinnern. Ich müsse unbedingt herausfinden, was geschehen sei, vor allem, was ich geschluckt hätte. Ich habe versucht, die Bilder zu beschreiben, die ich in und ab Magdeburg sah, will es erneut versuchen:

Jeder vorgestellte Gegenstand wurde auf interessante Weise verunstaltet, er bekam Schwänze oder Stelzen und zerlief schließlich in einen Ozean aus weißem Plasma. Irgendwann baute mein Auge Paläste, sehr geometrisch, symmetrisch, ornamental, filigran, kristallin (ich freue mich über jedes Wort, das sich einstellt). Das Auge machte Paläste aus Bergen oder Büschen oder Bahnhöfen. Schließlich die Dombauarchitektur, der Blick ging hinauf und hinauf, es gab von unten gesehen kein oberes und von oben gesehen kein unteres Ende dieser ganzen Gotik. Übrigens kein Stehdom, sondern ein Hängedom, er war nicht unten verankert, sondern oben. Ich wundere mich, daß man auf die Idee noch nie gekommen ist. Mein Körper hatte es schwer, das merkte ich gut. Ich atmete mich mit einiger Anstrengung durch die Zeit, Spatenstich für Spatenstich, die Luft war aus Lehm. Schmerzen hatte ich nicht, nur die üblichen Wehwehchen, die im Rücken, die in den Knien, alle vertraut und beruhigend wie Haustiere. Das Geschlecht beklagte sich auch noch etwas, ich registrierte es mit grimmigem Lächeln.

Ich werde vom Schreiben schnell müde.

Träumte soeben, ich sei im Wald, um nach einer Straße zu suchen, kletterte sogar auf einen Baum, um sie auszumachen. Da war ein junger Mann, hatte was von einem Vogel, der redete mit mir lange und eifrig, streichelte mir die Augenbrauen und wies mich darauf hin, daß ich unter der Achsel einen Rückstrahler trüge, wie die Fahrräder hinten. Mir war das nie aufgefallen. Wieso wuchs mir in der Achselhöhle ein Ding aus rotem Glas und Aluminium? Hatte er es dort befestigt?

Ich fragte ihn: »Was machst du eigentlich so?«

»Ich bin aus dem Osten.«

»Hört man gar nicht, hätte ich nie gedacht! Außerdem bist du hübsch, du süßes Aas ...«

Liebe ich Männer? Keine Erinnerung! Dann wäre Magdeburg eine Ausnahme gewesen. Oder fange ich gerade erst an, mich für Männer zu interessieren? Warum auch nicht – ich bin dabei, mein Leben neu auszustatten! Ich bin noch jung, kaum mehr als fünfundzwanzig Jahre, im Traum sowieso – ich klettere, fahre Ski, schwimme, segle, laufe stundenlang durch Wälder.

Was habe ich geschluckt? Der Salatfisch fällt mir ein, der vollkommen durchsichtig ist und im Salat lebt. Er ist zwar Kiemenatmer, aber doch kein richtiger Fisch, in Salatschüsseln ist bekanntlich mehr Land als Wasser. Er ist etwas härter als die Salatblätter, kaut sich unangenehm, wird trotzdem leicht mitgegessen. Ich weiß nicht, ob es an ihm liegt, an dem Gift, mit dem er sich zu rächen pflegt.

Ich fuhr von Magdeburg mit einem Zug namens »Hält nicht überall« Richtung Harz, schaute in den Schnee hinaus und wußte, was mein Fehler gewesen war: Ich hatte mich nie wirklich auf etwas eingelassen, mein ganzes Leben lang nicht. Ich wollte alles wissen, alles haben – und alles fallenlassen, wenn Neues in Sicht kam. Darin unterschied ich mich von den anderen Jungen. Die eigneten sich eine Sache an, gingen ihr auf den Grund, begnügten sich nicht damit, nur interessant über sie reden zu können. Irgendwann waren sie Ingenieure, Maler, Komponisten, Ärzte, schrieben Dissertationen. Ich hingegen war eine Maschine, durch die die Welt nur hindurchratterte. Ich fraß Erde in mich hinein, tat mich gütlich an Nahrhaftem und Kostbarem, spie alle Steine wieder aus. Eine Maschine zur Produktion von Schotter. Hinter mir wuchsen Geröllhalden.

Pulver! Es war ein Pulver, ein Trip aus Kräutern, er hatte den Namen … Weg! Ist das wirklich Erinnerung, oder phantasiere ich? Ich kann es nicht unterscheiden. Ich glaube, ich spülte mit Apfelsaft nach. Dann kamen die Erkenntnisse über mein kaltes Herz, zwischendurch einige wilde Vorgänge, auf die Leibesmitte beschränkt, dann die große, abschließende Vision meines bisherigen Lebens, ganz wie das Gerücht sie vom Moment des Todes behauptet. Danach fällt mir noch ein rotgesichtiger Gepäckträger ein, der mich im Urlaub getroffen haben wollte. Ich bestieg den Zug mit dem philosophischen Namen. Und dann? Der Ablauf wird noch klarer werden, ich habe jetzt eine frohe Geduld. Zudem weiß ich mit der Innenseite der Augenlider umzugehen, irgendwann sagen sie mir alles.

Es gibt eine neue Schwester hier, sie heißt Judith und hat sehr lange blonde Haare, die sie mal offen, mal zum Zopf geflochten trägt. Sie ist sehr freundlich und sagte mir, ich sei schlanker geworden. Ich wunderte mich etwas, auch darüber, daß sie keine weißen Kleider tragen muß und mich duzt. Sie hat mich sogar auf die Wange geküßt und mir mitgeteilt, daß ich bald wieder aufstehen könne. Ich würde dann nach Hause kommen. Ich weiß nicht recht. Wenn ich aufstehen darf, werde ich nach meiner Netzkarte suchen, ich denke, sie ist noch gültig. Für alle Fälle.

Wenn Schwester Judith sich den Mantel anzieht, steckt sie den Arm nicht nach unten in den Ärmel, sondern würmelt sich nach oben hinein, wie Kinder es tun. Ich kenne es irgendwoher, vielleicht von mir selbst. Würmle ich beim Anziehen? Das werden wir sehen! Ich habe viele Fragen. Ich notiere sie von hinten ins Heft, Fragen sind etwas anderes als Behauptungen. Fragen auch zur Verpflegung: Was genau ist »Schlackwurst«, und warum muß man sich vor ihr hüten?

Bruchstücke nur. In Wernigerode starb Celibidache. Eine Dame, die in Turin Cellulitis studiert hatte, verkaufte jetzt lieber Gedichte über Birken am Waldrand. In der Brockenbahn saß ein alter Russe mit seiner Frau, er war zuletzt als Soldat hier gewesen. Als ein Deutscher zu seinen Kindern »Los, vorwärts!« sagte, sang der Russe: »... und nicht vergessen – die Solidarität!« Draußen Moose und Farne und Felsbrocken, Verstecke für Lust und Verschwörung. Deutschland ist das schönste Land der Welt, und ich kenne doch sogar Sri Lanka. Moment mal!? Ich konnte soeben eine Station benennen, die vor Magdeburg gelegen hat. Es gibt nichts Schöneres, als wenn sich Minute für Minute etwas verbessert.

Den Harz habe ich wieder beisammen: ein Feld mit roten Glockenblumen. Blumen im Winter? Eine Frage, ich schreibe sie nach hinten. Oben am Brocken dicker Nebel, eine kleine Japanerin tauchte aus ihm auf und fragte nach dem Bahnhof. Ich deutete hinter mich in die Milchsuppe und sagte: »It's nearby!« Das beruhigte sie, obwohl *nearby* im Nebel nicht viel bedeutet.

In Schierke wurden Strohhexen verkauft. In Drei Annen Hohne wartete mein Zug auf den entgegenkommenden, zwei Waggons voll verblühter Weiber, alle krähten fröhlich. Ein Kind sah mich gut fünf Minuten lang sehr genau an. Es wird jede Falte meines Gesichts im Gedächtnis haben, bis es achtzig ist. Vielleicht bin ich das Bild, das ihm vorschweben wird, wenn jemand »Revolutionär« sagt oder »Durchlaucht« oder »alter Narr«.

Der Zug, in dem ich saß, war historisch, mit Dampflok vorneweg. Alle Menschentiere draußen wandten sich ihm zu. Die größeren ermahnten die kleineren, dies auch zu tun. Viele winkten, nur die Männchen verfielen in eine Art Beobachtungsstarre wie aufgerichtete Erdhörnchen, sie photographierten. Hinter Elend ging's bergab. Disteln im Sonnenglast. Dann weiches Gras, Märchenlandschaft, der Winter war vorbei. Vorwärts, und nicht vergessen. Der Wortschatz wächst.

Dann kam eine Station namens »Netzkater«. Ich weiß so vieles wieder. Daniela Dahns »Stalinismus des Geldes«. Weiß, was wir falsch gemacht haben. Schon gegen das Spätmittelalter hätten wir uns stemmen sollen. Wir hätten »früh« bleiben sollen, so früh wie möglich – Merowinger. Ich bin froh, daß ich das jetzt überblicke, einen als Aufstieg getarnten Niedergang! Daniela, ein schöner Name.

Schwester Judith meinte, daß eine meiner Uhren repariert werden müsse, weil sie ständig durchdrehe. Sie wird sie nach Glashütte schicken. Heute sagte ich ihr, daß ich gern lernen würde, ihre schönen langen Haare zum Zopf zu flechten. Sie antwortete, das versuchte ich schon seit zwanzig Jahren, sei aber recht unbegabt. Ich hege manchmal den Verdacht, daß sie mich verblüffen will. Aber warum nicht – man hat Spaß mit ihr. Außer wenn sie weint, was immer wieder geschieht. Sie hat privaten Kummer.

In Nordhausen war ich sehr müde, umarmte ständig Bäume und Masten, das führte zu vielen neuen Freundschaften. Ich sehe auch noch ein Stück alter Stadtmauer vor mir, weiß aber nicht mehr, wie ich dorthin gekommen bin. Ein roter Roland am Dom. Wörter schwimmen auf: »Blasiikirchplatz«, »Förstertrunk«. Und eine gigantische Inschrift: »Saatfrüchte sollen nicht vermahlen werden«, die konnte mir der Taxifahrer nicht deuten. Vielleicht Fünfjahresplan, meinte er, oder Altes Testament.

Ab Nordhausen war ich physisch schwächer, aber ganz ich selbst, ließ mich ein auf das, was war, ließ mich auf Menschen ein, die mich anschauten, rückwirkend bis mindestens 1900, und übte Gerechtigkeit gegen jedermann. Alle reden von Herrschern – ich war einer! Ich verhinderte zwei Weltkriege, den ersten, indem ich einem Kaiser, Name entfallen, den Berufswechsel ermöglichte und ihm eine Show einrichtete. Der zweite unterblieb, weil sich auf meinen Rat hin ein ehemaliger Soldat, der Name fehlt mir, zum technischen Zeichner ausbilden ließ.

Das etwas antiquierte und skurrile, arbeitsame, über die Welt staunende Deutschland, es wäre nicht so gewesen und geblieben, hätte es nicht einen heimlichen, geduldigen und besonnenen Kaiser gehabt: mich! Übrigens wußten die wenigstens, von wo aus ich regierte. Die meisten vermuteten mich im Kyffhäuser. Ich bevorzugte aber die großen Schienenkreuzungen: Bebra, Falkenberg, Doberlug-Kirchhain.

Falkenberg an der Elster, ein halb zugewachsener Bahnhof, imposant zweistöckig: eine Linie oben, eine unten. Ich wohnte in der Straße der Völkerfreundschaft, saß gewöhnlich bei einem Inder in Bahnhofsnähe, hatte einen Turban auf und rettete Deutschland.

Doberlug war nicht weit entfernt. Auch hier ein mächtiger Kreuzbahnhof und von ihm aus weite Rundsicht ins Land. Ich residierte in der »Betreuungsstelle des Bahn-Sozialwerks«, direkt im Bahnhofsgebäude. Täglich ging ich zwei- bis dreimal auf den Bahnsteig und regierte Mitteleuropa, indem ich den Kurieren Kuverts hinaufreichte. In der nahen Kaserne lagen Fallschirmjäger zu meinem Schutz, aber sie störten mich nicht. Wann immer ich sie zu Gesicht bekam, tranken sie Bier. Außerdem gab es Weißgerber, der »Kleinen Elster« wegen, die besonders weiches Wasser hat, sie gerbten Feinleder für den Orgelbau. Weit und breit kein Teufel, nur ich und das alte, bezaubernde Land.

Ich konnte auch für einzelne etwas tun. Half denen, die es verdienten. Ein Holzhändler aus dem Erzgebirge behielt seinen Kredit, sein Haus, seine Pferde und seine Frau, die das im übrigen nicht verdiente. Eine Bosnierin brauchte nicht zu morden, denn die Verderber ihrer Familie fuhren besoffen Auto und ertranken elend in einem Feuerlöschteich mit viel Entengrütze. Ein Reiseunternehmer wurde Tierschützer und war von da an nicht mehr erotisch überfordert. Ein Theaterkritiker spendete einem rachsüchtigen Dramatiker eine Niere, es war die Rettung für beide. Ja, Doberlug-Kirchhain! Ich war gern dort. Wenn meine Kuriere versorgt waren, setzte ich mich ins Wartehäuschen und philosophierte über die dortige Inschrift: »Ich liebe Dich, Meike. Oder Maike, wer weiß?«

Das ist die beste Methode: Denke ich nicht an das, was gewesen ist, sondern an das, was ich mir gewünscht hätte, fällt mir viel mehr wieder ein, sogar Orts- und Personennamen, Eigenschaften. Ich sehe die Mühle von Tribbus (voller Gespenster!) und die Station Rückersdorf-Oppelhain, die, glaube ich, bei einem See liegt, da sind Schwäne und Rohrdommeln. Genau dort brach ich zusammen, lag darnieder wie in Stücken, ein Mann namens Quardokus las mich auf, ein wahrer Engel, und brachte mich in einem plempernden Zweitakter mit Blausäureantrieb wieder nach Doberlug.

Zum ersten Mal aufgestanden. Schaue aus dem Fenster auf den Hof des Städtischen Krankenhauses Bad Salzungen. In der Mitte ein Flachbau, eine Art Essensbaracke. Ein kleines Mädchen bindet sich angestrengt die Schuhe zu, die Eltern warten ungnädig weiter vorn. Die Kleine ist stolz, daß sie es allein geschafft hat, hüpft gutgelaunt weiter. Von der Stadt sind eisgraue Häusergiebel zu sehen und ein Fabrikschornstein. Wo ist der Bahnhof? Es dürfte der erste meines Lebens sein, den ich im Zustand der Bewußtlosigkeit passiert habe.

Ich habe Schwester Judith beim Anziehen

ihres Trenchcoats geholfen und dabei ihre Haare hochgehoben, damit sie nicht eingeklemmt würden. Sie sah mich mit nassen Augen an und sagte, ich sei der einzige Mann, der auf die Haare achte, wenn er ihr in den Mantel helfe. Ich sagte, das sei doch selbstverständlich.

Lästig ist, daß ich weiterhin wenig über mein Vorleben weiß. Im Grunde ist gar nicht dies lästig, sondern daß ich dauernd danach gefragt werde. Man hält für lebenswichtig, daß ich mich erinnere.

Eben ist mein Gepäck gebracht worden – ich soll es in Doberlug-Kirchhain stehengelassen haben, in der Stadtbibliothek. Der Arzt prüft zusammen mit Schwester Judith und einem Uniformierten vor meinen Augen, was er mir vom Inhalt überlassen kann, sucht dabei auch nach »der Droge«. Sie finden keine, vielleicht war es von Anfang an nur eine galoppierende Erschöpfung.

*

Aus dem Arztbericht

Seine formale und sprachliche Orientierung ist gut, Wortschatz und Ausdrucksvermögen sind, von Orts- und Personennamen abgesehen, nur wenig beschädigt. So erklärte er mir bereits kurz nach Einlieferung, er wolle mir seine Selbstdiagnose nicht aufdrängen, aber er glaube, es laufe etwas nicht ganz rund in seiner *fissura longitudinis cerebri*.

Dem Hinweis eines Freundes zufolge ist Reuter Entdecker und Mitwisser finanzieller Unregelmäßigkeiten sowie mafiaartiger Abhängigkeitsverhältnisse in der Brüsseler Organisation. Er habe, so erfuhren wir, schon seit geraumer Zeit einen Anschlag auf sein Leben befürchtet. Ich zog daraufhin die Möglichkeit in Betracht, daß er den Gedächtnisverlust (kenntnisreich und intelligent) nur simuliere, um Gegnern, die von seiner Aussage belastet werden würden, die physische Beseitigung seiner Person überflüssig erscheinen zu lassen. Dafür sprach auch der Gegensatz zwischen der intakten sprachlichen Ausdrucksfähigkeit und einer als dramatisch dargestellten Erinnerungsstörung. Die Kollegen und ich sind nach über einwöchiger, gewissenhafter Beobachtung von der Simulationstheorie wieder abgerückt. Träfe sie zu, dann wäre Reuter der erste fehlerlose Simulant eines Gedächtnisverlustes. Zweitens: Simulierte er die Schädigung aus dem genannten Grund, dann würde er sich davor hüten, Besserung zu zeigen. Er macht aber deutliche, sogar spektakuläre Fortschritte, durch die er logischerweise, wäre die Bedrohung Tatsache, erst recht in Gefahr käme: Ein Attentäter würde sich beeilen, Reuters Wiederherstellung zu verhindern.

Würde Ole Reuter all das nur vortäuschen, dann wäre dies eine raffinierte – und übrigens der Familie und den Freunden gegenüber herzlose – Vorgehensweise, wie sie in der Fachliteratur bisher beispiellos ist. Ich schließe, wie gesagt, diesen Fall aus. Nun zum aktuellen Stand:

Das Gedächtnis für alle Vorgänge, die weiter als eine Woche zurückliegen, ist immer noch schwer gestört, ebenso das Kurzzeitgedächtnis – er hat spätestens nach einer halben Minute vergessen, was er gesagt oder getan hat. Die manische Schreiberei wirkt stützend und stabilisierend, bleibt aber Krücke. Sie bessert aller Wahrscheinlichkeit nach nichts auf Dauer. Ein Fortschritt ist darin zu sehen, daß er seit heute seine Frau wiedererkennt. Als ich dieser sagte, sie möge ihn ein wenig alleinlassen, antwortete sie patzig: »Noch fünf Minuten!« Das war der Auslöser, daran erkannte er sie und umarmte sie weinend wie nach jahrelanger Trennung. Das tut er seitdem jedesmal, wenn sie das Zimmer betritt, weil er vom vorigen Mal nichts mehr weiß.

Da es am ehesten Wörter sind, die bei ihm ältere Erinnerungen auslösen, werden wir ihm nächstens doch die Notizhefte aushändigen, auch wenn dann die Gefahr einer nachkonstruierenden, alle wirkliche Erinnerung nur ersetzenden *autopoiesis* gegeben ist. Ich hatte mich zuerst dagegen ausgesprochen.

Zum Inhalt der Hefte (ergänzt durch die getippten Texte im tragbaren Computer) möchte ich das Gutachten eines Literaturwissenschaftlers beiziehen. Es ist offensichtlich, daß Reuter sämtliche Texte selbst geschrieben hat, auch angebliche Briefe, Berichte und Beobachtungen seiner Person durch »Dritte«. Er scheint im öffentlichen und erfolgreichen Teil seines Lebens die Fähigkeit gehabt zu haben, sich in mehrere Ichs aufzuteilen und mit der so rekrutierten Truppe Probleme zu umzingeln. Genau hiermit scheint auch die Krankheit begonnen zu haben, die jedoch ohne die halluzinogene Einwirkung und die körperlichen Erschöpfungen der letzten Tage wohl noch lange latent geblieben wäre.

Ohne dem Gutachten des Germanisten vorgreifen zu wollen, weise ich auf folgendes hin: Reuter erfindet sich da einen Schutzengel, der ihn begleitet und zum inneren Frieden führen soll. Dann verliebt er sich in eine Zufallsbekanntschaft und ändert die Geschichte, indem er eine neue »Phase« fingiert, in der Schutzengel nichts zu melden haben. Er vergißt nach Bedarf, was er früher angestrebt hat. Reuter ist ein sich selbst erhaltendes System, das niemals schuldig werden kann.

Ich möchte noch hinzufügen, daß man jederzeit mit seiner Fähigkeit rechnen muß, blitzschnell die Wahrheit zu verdrehen – auf einen Nichtsahnenden wirkt das spontan und glaubwürdig. Als ich ihm seinen eigenen Satz vorhielt: »Ich habe mich umgebracht«, antwortete er: »Oh, das war nur fürs Finanzamt!« Zu beachten ist ferner die Provokation, die von diesem Patienten ausgeht. Er fühlt sich kannibalisch wohl und ist absolut unfähig, Ermahnungen oder Warnungen anzuhören, geschweige denn ernstzunehmen.

*

Nachwort des Autors

Ole Reuter hat nach dem Verlassen des Krankenhauses seine Notizen nicht weitergeführt (oder neu entstandene vernichtet). Mir fällt die schmerzliche Aufgabe zu, seine Geschichte mit einigen dürren Feststellungen zu einem vorläufigen Ende zu bringen.

Als er wieder in der Berliner Wohnung war, hatten wir Anlaß zur Zuversicht. Das Kurzzeitgedächtnis war etwas besser geworden, auch die Erinnerung an länger Zurückliegendes – das Lesen der eigenen Notizen hatte sich positiv ausgewirkt. Stabilisierend wirkte vor allem, daß er seine Frau »mit dem Herzen« wiedererkannt hatte und ihre große Liebe spürte. Judith Reuter ist eine erfolgreiche Geschäftsfrau von ausgezeichnetem Verstande, sehr geradeheraus und allen Sentimentalitäten abgeneigt. Ihre Liebe war niemals blind, aber auch nie schwankend. Mit einer solchen Partnerin befindet sich ein um seine Verstandeskraft ringender Patient auf gutem Boden, und die Heilung schien zunächst große Fortschritte zu machen.

Ole begann eifrig Briefe, Faxe und E-Mails zu beantworten, war auch schon zu dem Urteil fähig, daß das meiste sich bereits erledigt hatte. Ans Telephon wagte er sich noch nicht heran, surfte aber im Internet, wo auch gesunde Menschen regelmäßig vergessen, wonach sie gesucht haben. Ole versuchte das Computerspiel »Myst« von neuem zu enträtseln, denn er hatte alle Lösungswege vergessen. Ferner las er Zeitungen, und beim Schimpfen auf die Europäische Kommission schien er wieder ganz der Alte. Oft ging er spazieren, allerdings kurze Strecken, weil er fürchtete, sich zu verlaufen. Beim Zurückkommen umarmte er seine Frau noch ab und zu mit Freudentränen. Sie erklärte ihm mit Geduld und Humor, daß er erst vor kurzem fortgegangen sei, und er begriff das immer besser. Daß er auf Alkohol und Zigarren zu verzichten hatte, machte ihm nichts aus, da er von diesen Gewohnheiten nichts mehr wußte. Auffällig war er für Unbeteiligte allenfalls durch seinen Hang zu stereotypen, gebetsmühlenhaft ohne Zusammenhang wiederholten Sätzen, darunter der von ihm notierte Reklamespruch »Fahre Ihre Pappe ab, Krüger Neuenhagen«, auf den er einen passenden Reim sucht.

Am Tag seines Verschwindens war ich gerade zu Besuch, und mir war die Aufgabe zugefallen, ihn beim Spazierengehen im Auge zu behalten, obwohl er, wie üblich, allein gehen wollte. Als er den S-Bahnhof Halensee sichtete, ging er auf den Bahnsteig, betrachtete einen großen Schotterhaufen jenseits der Gleise und schien angestrengt nachzudenken. Er fand ohne Hilfe den Weg zurück zur Wohnung und erzählte, er habe die Kieswaschmaschine gefunden, jetzt gehe es aufwärts, er habe Ziele. Er sprach von einer Erledigung in Neuenhagen, die keinen Aufschub dulde. Judith und ich versuchten ihm das freundlich auszureden, mit scheinbarem Erfolg. Aber wenige Stunden später – wir vermuteten ihn vergnügt vor dem Fernsehschirm – gelang es ihm, sich leise aus dem Haus zu machen. Auf dem Tisch lag ein Zettel: »Bin bald zurück« und ein anderer, den er mitzunehmen vergessen hatte. Er trug die Endreime: » – kühles Grab, – neue Fragen.«

Nachforschungen in Neuenhagen hatten kein Ergebnis. Erst Tage später stellte sich heraus, daß Ole auf seiner Bank in bar einen Betrag abgehoben hat, mit dem er theoretisch jahrelang herumreisen kann.

Es sind jetzt vier Wochen, fast siebenhundert Stunden, und ich fürchte: Die zunehmende Erinnerungsfähigkeit, die Formulierungen in seinen Aufzeichnungen als Patient, die scheinbare Besserung zu Hause, all das war nur ein Aufflackern vor dem Verlöschen.

Wo ist er? Judith Reuter betreibt die Suche mit Energie und Phantasie, sie schickte sogar Photos von Ole an das Uhrengeschäft in Glashütte, weil sie für möglich hält, daß er dort seine reparierte Uhr abzuholen versucht. Sie widmet sich keiner anderen Aufgabe mehr, als nach ihm zu forschen, ihr Geschäft ist so gut wie verkauft. Obwohl sie gefaßt wirkt, ist ihr Schmerz groß. Sie wird, solange die Tatsachen ihr das nicht verbieten, weiter hoffen.

Judith erlaubte mir, die Notizen Oles zu einem Buch zu bündeln, so wie er selbst es ausdrücklich vor und nach der Reise gewünscht hat. In einem Brief an mich schrieb sie: »Sie wissen, daß er zu phantasievollen Behauptungen neigt. Er hat sogar den Schutzengel, der ihm erst auf der Teufelsinsel eingefallen ist, nachträglich bei Frankfurt an der Oder eingefügt! Und beim ›Nichts‹ hat er bewußt so gezählt, daß etwaige Nachzähler schwören würden, die E-Mails der Engel seien nicht von ihm geschrieben. Das ist Ole! Er ist stolz auf seine Erfindungen und Gespinste, freut sich, wenn jemand ihnen Glauben schenkt, glaubt aber selbst keinen Moment daran. Bitte daher aus seinen Engeln und Teufeln keine Metaphysik machen, auch wenn er es scheinbar darauf angelegt hat!«

Ich rief sie an, konnte sie über diesen Punkt völlig beruhigen und bat noch, das Gutachten des Germanisten weglassen zu dürfen – sie war sofort einverstanden. Ich fragte dann noch vorsichtig nach ihrer Meinung zu »Magdeburg«. Sie antwortete: »Selbst wenn das wirklich passiert ist, kann ich es ihm verzeihen. Es darf alles ins Buch hinein. Vielleicht kommt er dann eher zurück!«

Ich kann nur ahnen, wie das Leben Ole Reuters ohne Judith ausgesehen hätte. Er wäre sicher noch früher menschenfeindlich geworden und daran noch früher selbst zerbrochen. Sein Leben und Geist waren schon Ende der sechziger Jahre beschädigt, und auch wenn zunächst die kreativen Seiten der Störung (nebst dazugehörigen Erfolgen) hervortraten, so zeichneten sich doch für den Kenner Symptome des Zerfalls ab: Ruin der Dankbarkeit, Schwächung des Erinnerungsvermögens, schließlich begann er sich in wechselnden Etikettierungen, Masken, Spiegelungen zu verlieren, sparte auch die Teufelsmaske nicht aus. Camouflage kann einen Punkt erreichen, von dem aus es keinen Rückweg gibt, nur noch die Auflösung. Er wird verschollen bleiben – wer sich selbst verloren hat, den kann kein anderer wiederfinden.

Um Reuter ist es schade. Wir haben früher viel mit ihm gelacht.

Ende

Sten Nadolny

Die Entdeckung der Langsamkeit

Roman. 359 Seiten.
Piper Taschenbuch

Über die Kunst der Langsamkeit, die dem Rhythmus des Lebens Sinn gibt – Sten Nadolnys vielfach preisgekrönter Bestseller über den englischen Nordpolfahrer John Franklin.

»Nadolny und sein John Franklin entdecken die Langsamkeit als menschenfreundliches Prinzip. Man könnte auch sagen: die Bedächtigkeit, den vorsichtigen Umgang mit sich selber und den Dingen.«
Die Zeit

»Dieses Buch kommt, scheint's, zur richtigen Zeit. Nadolnys heute ganz ungewöhnliche ruhige Gegenposition im gehetzten Betrieb der Politiker und Literaten hat etwas Haltgebendes und unangestrengt Humanes.«
Der Tagesspiegel

05/1318/02/L

Sten Nadolny

Netzkarte

Roman. 164 Seiten.
Piper Taschenbuch

Ole Reuter, liebenswerter Taugenichts und Lehrer von Beruf, fährt mit einer Netzkarte der Bundesbahn kreuz und quer durch die Republik. Ihn treibt der Reiz des flüchtigen Augenblicks, die Lust am Unterwegssein, die Aussicht auf ein erotisches Abenteuer.

»Seit Tucholsky hat keiner so scheinbar absichtslos Pointen gesetzt, so frappant in irgendeiner belanglosen Schilderung Ausblicke auf Politik, Philosophie und Sinngebung des Lebens freigegeben.«
Hilde Spiel

»So unterschiedlich die Hauptdarsteller in seinen Büchern auch sind, eines verbindet sie: der besondere Blick auf das kleine Abenteuer und das große Erleben ... Das Staunenkönnen zeichnet Sten Nadolnys Helden wie ihn selber aus, und er lehrt es seine Leser neu.«
FAZmagazin

05/1319/02/R

Sten Nadolny

Ein Gott der Frechheit

Roman. 288 Seiten.
Piper Taschenbuch

Hermes, der Bote zwischen den Welten, Gott der Kaufleute, der Diebe und der geraubten Küsse, kommt 1990 wieder in die Welt. Als Geliebter einer helläugigen Frau aus Sachsen-Anhalt durchkreuzt er staunend die moderne Welt und erkennt, daß die Frechheit wieder in eine göttliche Tugend zurückverwandelt werden muß.

»Das Buch ist Märchen, Satire, Zeitkritik in einem, gespickt mit Zitaten und mit jener Leichtigkeit geschrieben, die sogar ernsthafte Dinge ungeheuer sympathisch macht.«
Norddeutscher Rundfunk

»... Jenseits der tradierten Heldengeschichten vom Götterboten Hermes spinnt Nadolny seine Handlungsfäden zu einer amüsanten göttlichen Komödie unserer neunziger Jahre weiter. Es ist der Blick des Fremden, der uns unsere unmittelbare deutsche Gegenwart mit neuen Augen sehen läßt.«
Focus

05/1320/02/L

Sten Nadolny, Jens Sparschuh

Putz- und Flickstunde

Zwei kalte Krieger erinnern sich.
208 Seiten. Piper Taschenbuch

Sten Nadolny und Jens Sparschuh, zwei deutsche Erzähler, zwei Bestsellerautoren schreiben gemeinsam das kurioseste Buch über die deutsch-deutsche Geschichte. Freimütig und klug sprechen sie darin über die Weltlage, die märkische Prärie und ihre ganz persönlichen Erfahrungen als Soldaten.

»›Putz- und Flickstunde‹ sticht durch seine Lebendigkeit hervor, es überrascht, ist unterhaltsam und weckt Interesse an deutscher Geschichte.«
Berliner Morgenpost

05/2503/01/R

PIPER

Sten Nadolny

Weitlings Sommerfrische

Roman. 224 Seiten. Gebunden

»Die Seen schienen jetzt haushoch, jede Sekunde konnte eine sein Boot umkippen. Er wunderte sich nur über seine Kraft und Geschicklichkeit. Das Gefühl, dass da gar nicht er, sondern ein anderer kämpfte, blieb unverändert. Vielleicht fühlte es sich so an, wenn Gott selbst handgreiflich wurde und einen Menschen rettete, mit dem er noch Pläne hatte.«

Ein Bootsunglück versetzt Sten Nadolnys Helden Wilhelm Weitling zurück in die eigene Jugend. Für den verblüfften Weitling wird dieses Abenteuer zur philosophischen Zeitreise – und hat unerwartete Auswirkungen auf seinen scheinbar vorgezeichneten Lebenslauf.

01/1999/01/R